DANS L'OMBRE DE LA LUMIÈRE

D1386654

DOMAINE FRANÇAIS

ISBN 978-2-330-01526-8

CLAUDE PUJADE-RENAUD

Dans l'ombre
de la lumière

roman

ACTES SUD

à Daniel Zimmermann

Dieu regarde qui lui plaît.

GEORGES BERNANOS

J'étendais la lessive sur la haie entre notre jardin et celui de la voisine. Bavarde, comme d'habitude, tenant la chronique du quartier. Je l'aime bien ce quartier à la limite de Megara. On entend parler le latin mais aussi le grec, parfois même surgissent des termes puniques, remontés d'un lointain passé. Carthage la métissée, la bigarrée… J'écoutais à peine : les habituels ragots sur la femme du forgeron, la dorade a encore augmenté, l'arrivée d'un navire en provenance d'Alexandrie. Sur sa lancée, la voisine a ajouté :

— Le bruit court que l'évêque d'Hippo Regius séjournera à Carthage durant l'été. Il prêche très bien, paraît-il, cet Augustinus. Tout feu tout flamme, très persuasif, à ce qu'on m'a dit.

Je sais, je sais ! Ce feu, cette flamme, je fus bien placée pour les connaître. Et m'y brûler. Mon sexe et ma mémoire en conservent la trace. Tempes bourdonnantes, doigts fébriles, j'ai gardé le silence en me hâtant d'étaler ma dernière pièce de linge.

— Excuse-moi, ma sœur et mon beau-frère m'attendent pour une livraison urgente.

Mes mains tremblaient lorsque Faonia m'a confié un vase à long col et deux coupes aux anses fragiles. Ma sœur s'est inquiétée :

— Qu'est-ce qui t'arrive, Elissa, tu es souffrante ?

— Rien rien, j'ai mal dormi. Plus ce vent d'est, tu sais bien, il m'énerve toujours.

L'atelier sentait bon l'argile fraîchement remuée. Marcellus était installé au tour. J'aurais aimé me calmer au rythme de ce ronronnement régulier.

— C'est où, cette livraison ?

— En montant vers la chapelle du bienheureux Cyprien. Une villa romaine récente, entourée de cyprès, juste avant de déboucher tout en haut, sur le plat. Tu la repéreras facilement : à côté de l'entrée, une mosaïque représente Didon se jetant dans les flammes.

Il ne manquait plus que ces coïncidences ! La chapelle de Cyprien, le saint patron de Carthage, près de laquelle nous nous sommes rencontrés il y a… Eh oui, presque un quart de siècle. Et mon prénom, Elissa, est la forme grecque d'Elishat, le nom phénicien de Didon. C'est mon père qui avait voulu me nommer ainsi. Comme tous les hommes travaillant au port de commerce, il baragouinait le grec, ou du moins ce grec passe-partout en usage dans les ports méditerranéens. Elishat la Phénicienne devenue sous le nom de Didon la fondatrice de Carthage. Didon, l'abandonnée. Comme moi.

Lorsque je suis revenue d'Italie, amputée de mon homme, de mon fils, loque amaigrie, regard de folle, ma sœur et son mari ont recueilli chez eux cette épave. Je refusais de me nourrir. Faonia a consulté le sorcier du quartier Magon. Il a prescrit des décoctions d'herbes. Des plantes qu'il faisait venir de très loin – du Sud de la Byzacène, le grand Sud. À la limite du désert, prétendait-il. Très chères. À ce prix, et surtout pour rassurer Faonia, je les ai ingurgitées puis me suis forcée à avaler un peu de semoule. Les fruits passaient mieux, melons et grenades : les manichéens recommandent de consommer des fruits brillants, imprégnés de lumière, afin de lutter contre l'ombre portée du mal.

Augustinus a renié le manichéisme. En secret – sauf pour ma sœur et mon beau-frère –, je demeure fidèle. À Augustinus, comme à cette croyance partagée autrefois avec lui : tous deux nous aimions cette exigence, cette espérance que, en dépit de l'opacité du mal, un peu de clarté pourrait être sauvegardée. Faonia et Marcellus sont païens, comme l'étaient mes parents. Ils n'aiment ni les catholiques ni les manichéens, honorent les dieux locaux, issus des religions punique et romaine. J'aide Marcellus dans son travail de potier en préparant, humectant, pétrissant la terre. Ce contact tendrement humide, cette résistance moelleuse m'apaisent. L'argile, je crois, aura été plus thérapeutique que les mixtures du sorcier. Mais je ne veux pas ôter à Faonia ses illusions… Ma grande sœur n'a pas eu d'enfant. Elle adorait Adeodatus. À présent, j'ai l'impression d'être devenue sa fille. Je me résigne à occuper cette place, moi qui ne suis plus ni mère ni amante.

Aujourd'hui, Marcellus m'a envoyée livrer trois lampes à huile chez de nouveaux clients. Un couple, dans une rue parallèle à la mer, non loin des thermes d'Antonin. Des chrétiens, m'avait prévenu mon beau-frère : ils ont demandé un décor avec des poissons sur le dessus des lampes. Dans la bouche de Marcellus, la remarque tenait lieu d'avertissement – et ne va pas leur raconter que tu es manichéenne ! Je sais je sais, les attaques reprennent périodiquement contre nous, les soi-disant hérétiques.

Sitôt entrée dans la pièce principale, j'ai flairé la présence des parchemins. Cette très lointaine, très discrète odeur de sauvagine : chèvres, veaux, agneaux, gazelles parfois, ces gazelles qu'on chasse dans le Sud et qui confèrent au parchemin un parfum si doux. Cette même odeur chez nous, autrefois – puisque "chez nous" il y eut, durant près de quinze ans. Aucun relent ne t'échappe, remarquait Augustinus qui avait lui-même un odorat très aiguisé. Je ne pouvais m'empêcher de protester : et dire que toutes ces bêtes si vives, si bondissantes ont été sacrifiées afin que sur leurs peaux, travaillées, traitées, transformées, s'inscrivent des mots ! Et lui de rétorquer : mais ces mots frémissent et bondissent allégrement vers les lecteurs, présents ou à venir, l'essentiel c'est de rendre vivant le langage.

Victoria m'a accueillie chaleureusement et présentée à son mari. Silvanus est paralysé du bassin et des deux jambes – une chute de cheval lors d'un voyage récent dans les montagnes de Numidie. Ces deux-là ne peuvent plus s'aimer dans un lit, ai-je sitôt pensé, quelle épreuve pour un couple jeune, la trentaine…

J'avais trente-deux ans lorsque Augustinus m'a rejetée. Depuis, je n'ai plus jamais fait l'amour.

Silvanus recopie sur des parchemins les discours dictés à la hâte par des rhéteurs et des avocats. Mais aussi les sermons prononcés par Aurelius, l'évêque de Carthage. J'étais étonnée, comment les lui transmet-on ? Victoria m'a expliqué : durant le prêche, plusieurs secrétaires affectés à la basilique épiscopale notent, à toute vitesse, sur des tablettes enduites de cire. On les apporte ensuite à Silvanus, qui en déchiffre le contenu et le reporte sur du papyrus ou du parchemin. Un travail ardu car les paroles prononcées ont été transcrites sur les tablettes par des signes abrégés, codés. Silvanus doit confronter les différentes versions, et reconstituer. Il consacre à cette tâche une partie des heures nocturnes, aussi consommons-nous d'énormes quantités d'huile. Récemment, en l'aidant à se coucher en pleine nuit, j'ai cassé notre meilleure lampe, j'ai d'ailleurs failli le brûler avec l'huile chaude.

Le parfum de l'huile se mêlait à celui des parchemins. Sur deux pans de mur, des casiers en bois et dans chacun un rouleau encastré. Ainsi en était-il chez nous – il faut que je cesse d'accoler ces deux termes… La fierté de l'Augustinus âgé de vingt-cinq ans, cette bibliothèque qu'il agrandissait au fil des années – à Carthage, les volumes arrivent d'Italie et de tout le pourtour méditerranéen. Je le plaisantais : crois-tu avoir véritablement besoin d'une telle quantité de rouleaux ? Ta tête est une bibliothèque bien plus vaste que celle-ci, et si parfaitement organisée… J'étais fascinée par sa prodigieuse mémoire. Ses amis également. Augustinus pouvait réciter à la suite plusieurs chants de l'*Énéide*, ou un traité de Cicéron. J'aimais sa voix, j'aimais la scansion qu'il conférait aux vers. Lorsque ma berceuse, mi-punique mi-latine, échouait à calmer Adeodatus, j'appelais Augustinus à la rescousse, il racontait à notre fils les périples de Jason, ou d'Ulysse, ou d'Énée, ces grands voyageurs. Sa voix grave faisait merveille, Adeodatus sombrait dans le sommeil – vers quelles mers fabuleuses ?

Nous faisions l'amour.

Lorsque j'étais enfant, mon père m'avait parlé de la légende d'Elissa-Didon, telle qu'elle s'était transmise dans cette contrée numide conquise par des marins phéniciens en des temps lointains. Elissa avait été contrainte de fuir sa ville natale, en Phénicie : son frère avait assassiné son époux afin de prendre le pouvoir – charmante famille, comme dans les tragédies grecques que nous allions applaudir au théâtre, Augustinus et moi. Elle erra longuement avant de jeter l'ancre sur ce rivage inconnu. D'où le nom numide que lui attribuèrent les très anciens habitants de notre pays : Didon, l'errante. Grâce à de somptueux cadeaux, elle obtint la colline de Byrsa afin d'y fonder une "ville neuve" – c'est ce que signifiait Carthage en langue punique. Elle avait bon goût, la reine aux lourds bijoux : du haut de Byrsa on peut contempler l'eau sur trois côtés. Mais le roi numide de la région – un roi si on veut, commentait mon père, plutôt un chef de tribu – avait exigé la reine elle-même, la très belle. Désirant rester fidèle à son époux assassiné, Elissa-Didon s'était poignardée. Ou jetée dans un bûcher. Les versions différaient, ajoutait mon père, laissant entendre que tout ça, c'était de belles histoires pour les petites filles de cette cité devenue romaine depuis longtemps. Et la petite fille que j'étais avait décidé que mon homonyme s'était poignardée au milieu des flammes, c'était encore plus beau, et plus tragique.

Plus tard, Augustinus m'a raconté l'histoire telle qu'il l'avait lue dans Virgile, son poète de prédilection. La ville était déjà construite, et riche, lorsque Énée, venant de Troie avec son jeune fils, avait été jeté par une tempête sur cette côte. Didon et lui s'étaient aimés. Appelé par les dieux à un autre destin, Énée avait quitté Didon. Elle s'était tuée.

Je préfère la première version. Celle de la femme fidèle à l'époux disparu. Je déteste cet Énée qui passe, ravage, et fuit. Serais-je restée une petite fille ?

Aujourd'hui, mon pèlerinage rituel à la chapelle du bienheureux Cyprien. Il y a plus de vingt ans, après ma journée de travail (je frottais les carrelages et nettoyais les bains chez de riches Romains qui séjournaient à Carthage aux beaux jours, entre-temps un intendant veillait à l'entretien de leur somptueuse villa), je prenais plaisir à me détendre en m'attardant sur un vaste terre-plein situé entre la chapelle et la falaise. Je n'entrais jamais dans cette chapelle réservée aux catholiques. Dans ma famille on se contentait d'invoquer ces hybrides de divinités phéniciennes et de dieux romains que sont Baal Hamon-Saturne et Tanit-Junon, dite Junon Cælestis. Et surtout nous portions des amulettes, censées protéger contre les maladies et les mauvais sorts. Chrétiens, juifs, manichéens les utilisaient tout autant que les païens.

Je n'en avais pas sur moi ce soir de septembre où, laissant la chapelle derrière moi, je me suis approchée de l'à-pic surplombant le très large bras de mer. À la place où je m'asseyais habituellement, une mince silhouette, de dos. Un adolescent, ai-je supposé. Captivé par la clarté déclinante, par la ligne des montagnes en face ? Pas totalement puisqu'il a fini par percevoir cette présence derrière lui. Il s'est retourné, a murmuré : c'est si beau, presque trop – en désignant cet espace qui invitait à respirer plus largement. J'ai souri, acquiescé : oui, j'aimais ce lieu, j'aimais m'y reposer, rêvasser. Lui venait ici pour la première fois. Il m'a émue. Cette gracilité gauche, un peu nerveuse, de poulain ombrageux. Ce regard intense. Un étudiant, probablement, en septembre ils affluent pour la reprise des cours. À l'accent, j'ai deviné qu'il était originaire de l'intérieur. Nous nous sommes rapprochés de la dégringolade de rochers sur la mer, à la limite du vide. Des bateaux de pêche rentraient, les sommets de l'autre côté viraient au mauve.

Il entamait sa deuxième année d'études. Volubile, il me raconta comment, l'année précédente, il avait découvert tout ensemble et Carthage et la Méditerranée. Il avait été suffoqué, quasiment, par la violence de cette révélation. Cette immense cité, inépuisable : tu sais que Carthage est la troisième ville de l'Empire, après Rome et Alexandrie ? Non, je l'ignorais. Et brusquement, il a évoqué son enfance. Tout jeune, à Thagaste où il était né – une bourgade cernée par les montagnes –, il avait tenté de se représenter la mer. Son père lui avait vaguement expliqué. Le petit garçon de cinq ou six ans remplissait d'eau une grande coupe et soufflait dessus, avec acharnement. Parfois l'eau débordait, éclaboussait le sol, et sa mère râlait. Mais la mer, ce n'était pas ce menu clapotis, il s'en doutait bien, non ce n'était pas cela, pas du tout ! À Carthage, il avait enfin découvert la beauté de la Méditerranée, sa respiration profonde et ses rages soudaines.

Assis côte à côte en cette fin d'après-midi, nous avons savouré la bascule de la lumière, huile douce et dorée lubrifiant nos peaux. Devant nous, les vagues. Derrière, la ville. Bruissantes toutes deux. Et lui brusquement, se tournant vers moi, regard grave, intense : toi aussi, tu es très belle. Mais si calme, apaisante… C'était quoi, cette paix dont il semblait avoir besoin ? Je suis restée silencieuse. Nous avons laissé le ressac en contrebas nous envahir de sa rumeur sourde. Sur notre droite, le soleil basculait. Trop rapidement. Le garçon m'a demandé mon prénom. A souri : ainsi, je viens de rencontrer la reine de Carthage ? M'a dit le sien. Augustinus.

Je fus étonnée. Augustinus, le petit empereur (je ne connaissais aucun homme se nommant ainsi et n'en ai pas croisé depuis). J'ai voulu plaisanter – ta mère souhaitait que tu sois un jour empereur ? Non non, ma mère espérait avant tout que je devienne un bon catholique. Parce que tu ne l'es pas ?

En guise de réponse, il s'est incliné vers moi, a cherché mes lèvres. J'ai tenté de me détourner, de plaisanter : eh bien alors, un empereur chrétien, à présent ils le sont tous… Je n'ai pu achever la phrase.

Tout en malaxant l'argile – cette douceur à la fois souple et ferme m'apaise, comme si je caressais un chat –, je rumine : dès notre première rencontre, il fut question de Monnica. Treize années plus tard, cette mère se lamente auprès de cette même chapelle de saint Cyprien. Un navire nous emporte vers l'Italie, Augustinus, Adeodatus et moi. Je suis terrifiée par les rafales et les paquets d'écume. Le roulis augmente tandis que nous approchons de la Sicile, je suis trempée, je grelotte tout en soutenant le front de mon fils – le malheureux vomit ses tripes –, mais je me sens, enfin, délivrée de cette mère. Ma naïveté est d'avoir pensé qu'Augustinus l'était également. Ou finirait par l'être.

Je songe à ces trois femmes sur ce rivage de Carthage : Didon, Monnica, Elissa. Trois femmes pleurant la perte de l'homme aimé. Du haut de la colline de Byrsa, Didon hurle et pleure de rage : voiles déployées, Énée vogue vers le large. Oui oui, je sais, ce n'est qu'une légende mais peu importe ! À côté de la chapelle de saint Cyprien, Monnica soudain comprend, s'effondre : son fils l'a trahie, il a pris la mer sans l'emmener avec lui en Italie comme elle l'espérait. Oh non, ce n'est pas une légende ! À Milan, combien de fois ai-je entendu Monnica, véhémente, reprocher à Augustinus ce qu'elle dénommait sa traîtrise et sa lâcheté… Les hommes fuient. Loin de la mère. Loin de la grande amoureuse. Peut-être les confondent-ils ?

De retour à Carthage pour sa deuxième année d'études, Augustinus avait poursuivi sa découverte éblouie de la cité et de ses environs. Il ne s'en lassait pas. La mer. La ville. Si vastes l'une et l'autre. Leur tumulte le mettait en état d'ivresse, il ne parvenait pas à dessoûler, plongé dans cette effervescence marine, citadine, cette chaleur moite, ce mélange d'indolence et de violence sourde. Il courait partout, avide. Au forum, chez les rhéteurs de renom, sur les quais, dans les boutiques des libraires, au cirque, dans le quartier des bordels, aux thermes et au théâtre, dans les multiples églises et basiliques. Plongé bientôt en moi. Soûl de moi, de mon sexe. Soûl de jouissance. La sienne, la mienne.

Nous revenions souvent sur le lieu de notre premier baiser, l'esplanade jouxtant la chapelle de saint Cyprien, hors les murs. Nous aimions ce lieu peu fréquenté, l'ocre rouge de la terre, les pentes escarpées, l'ébriété de l'écume. Nous tenant par la main, nous nous penchions pour mieux apercevoir les giclures du ressac sur les rochers, tout en bas. Tu reculais – attention, Elissa, le vide attire ! – et tu me serrais contre toi, fiévreusement.

Une fois – c'était une journée d'hiver lumineuse comme il en surgit ici après de longues périodes de pluies visqueuses –, nous étions assis, adossés au mur de la chapelle, regardant la ligne lointaine des montagnes, et tu me racontais, mi-faraud mi-penaud, comment, avant notre rencontre, tu avais séduit une très belle jeune femme dans un bas-côté de la basilique Restituta. Ce ne fut qu'une brève passade, affirmais-tu, mais tu n'étais pas mécontent d'avoir réussi ce joli coup à l'intérieur d'un lieu saint. Beaucoup plus tard, je me suis interrogée : n'était-ce pas, sans que tu en prennes conscience à l'époque, un défi à ta mère – toujours elle –, un défi à Monnica, la si parfaite catholique, une sorte de bravade ?

Et ton adhésion au manichéisme, n'était-ce pas en opposition à ta sainte mère ? Je ne me souviens plus comment tu as été initié. Par des condisciples sans doute. Et j'ai suivi. Comme la plupart de tes amis – cette force de persuasion chez toi, ce feu ! À croire que si on ne pensait pas comme toi, on t'était infidèle, en amour, en amitié… Dans la conception manichéenne, j'appréciais cette séparation entre un monde de lumière, quasi inaccessible, et un monde de ténèbres, gangue dont nous étions captifs. Cependant, quelques gouttes de lumière – quelques larmes ? – subsistaient, éparses, il fallait tenter de les préserver et de les absorber. J'aimais cette incitation à contempler des fleurs brillantes – celles du grenadier m'émerveillaient –, à consommer le plus possible fruits et légumes gorgés de couleur : raisins et pastèques, concombres et potirons. Et le fruit du plaqueminier, d'un si bel orangé ! Ce régime me convenait parfaitement. Il était recommandé de s'abstenir de viande, rouge notamment. Et de vin.

Et de sexe – non, avec toi ce n'était pas possible… Cette abstinence visait à éviter de se reproduire : ne pas perpétuer cette sombre et tragique espèce ! Un jour, espérait-on, triompherait la clarté, au terme de cycles très lents, très complexes. Je ne comprenais pas tous vos propos lorsque vous en discutiez, tes amis et toi. Vous admettiez que l'initiation serait longue et progressive : dans plusieurs années, peut-être, lorsque vous auriez avancé dans cette voie, les sages manichéens – on les appelle les Élus – vous révéleraient une gnose, un savoir secret. Sur l'astronomie, notamment, qui te passionnait. Mani, le prophète de cette religion venue d'Orient, ne récusait pas le Christ mais l'Ancien Testament. Les manichéens se considéraient comme des disciples du Christ : ce que les catholiques déniaient vigoureusement. À leurs yeux nous étions – et sommes toujours – de monstrueux hérétiques… De plus, toi si sensible à la langue, tu estimais que l'Ancien Testament était rédigé dans un latin exécrable : un problème de traduction, peut-être ? glissait timidement un de tes amis, Alypius ou Nebridius. Je me souviens combien vous vous gaussiez de certains personnages de l'Ancien Testament, de leurs gras troupeaux et de leurs multiples femmes, de ces querelles autour des puits, des servantes, des têtes de bétail (et moi je rêvassais en vous écoutant, j'aimais ces femmes si souvent présentes aux abords d'un puits, ces femmes qui donnent à boire à l'homme de passage et parfois lui ouvrent la source de leur ventre). Sans compter, soulignait Alypius, ces innombrables violences dont regorgent les récits bibliques, à l'intérieur des familles comme entre les diverses tribus. Et ce Dieu qui fait des scènes de ménage à son peuple infidèle ! Christ de lumière, Yahvé des ténèbres ?

Certes, par ce choix, tu tournais le dos à la religion de ta mère, de ton enfance, mais tu conservais en commun avec elle ce sauveur, le Christ. Sauf que, en bon manichéen, tu récusais son incarnation, il t'était intolérable qu'un dieu soit passé par le corps d'une femme…

Toi qui aimais mon corps avec ferveur, fureur.

Une nouvelle livraison chez Silvanus et Victoria, deux cruches à engobe rouge. Marcellus les réussit parfaitement. Sur les flancs, il a joliment modelé des calames entourant une tablette : une allusion très claire au métier de Silvanus. Lequel a vivement apprécié cette attention.

J'aime retrouver l'odeur du vélin. Mêlée à celle de la menthe que Victoria nous a servie en infusion. Je me sens bien avec ces deux-là. Étrangement, cet amour entre eux, tendre et calme, sans érotisme, m'apaise. Même si je ne parviens pas à le concevoir.

Dans le jardin, à l'abri d'une haie de lauriers qui les protège du vent marin, de très belles fleurs. Des roses de mai, radieuses. Je ne me lassais pas de les contempler tandis que Victoria m'annonçait : à la fin du mois, les chrétiens de Carthage seront comblés. Invité par son ami Aurelius, l'évêque d'Hippo Regius viendra prêcher durant tout l'été, de juin à septembre. Cet Augustinus n'est évêque que depuis un an mais c'est, paraît-il, un merveilleux orateur. Il a fait ses études de rhétorique à Carthage, m'a-t-on dit, il fut à bonne école.

Merveilleux, je sais je sais ! Ainsi la voisine était bien informée... Je suis partie précipitamment, bredouillant que mon beau-frère avait besoin de moi pour l'ouverture du four.

L'évêque d'Hippo Regius… Encore un nom métissé de punique et de latin. Hippo, le port. Port Royal. Mon homme, évêque de Port Royal.

Lorsque je suis arrivée à la maison, ma sœur m'a demandé si j'étais malade. J'étais livide, paraît-il. La fragile lumière des fleurs ne m'avait pas protégée.

Bientôt une douzaine d'années que nous sommes séparés. Que tu m'as répudiée. Nous approchons de nos quarante-trois ans.

Parfois, un songe te secouait au point de me réveiller. J'écoutais cette brève tempête. Tu t'agitais, criais, ou riais, mais tu demeurais pris dans la nasse du sommeil. Je n'avais pas envie de me rendormir, j'écoutais le ressac de ton rêve se prolonger en moi.

Oui, la nuit, je t'ai entendu râler, aboyer, éructer, geindre, hurler, bramer. Toi, l'homme passionnément épris du langage, tu rêvais animal.

Très tôt, Augustinus composa des discours remarqués et devint un brillant étudiant – le meilleur de sa classe de rhétorique. Très vite je le rejoignis dans la chambre qu'il louait chez un armurier, entre la colline de Byrsa et le faubourg de Megara. Et très vite je fus enceinte. Nous n'avions pas dix-huit ans : Augustinus était né en novembre, moi en septembre. J'arrivais au deuxième mois, et ne lui avais encore rien dit, lorsqu'il apprit que son père agonisait. Il partit précipitamment pour Thagaste. Mon ventre et mon angoisse enflaient – et s'il ne revenait pas ? J'en savais fort peu sur sa famille : Patricius était un modeste propriétaire terrien, Monnica et lui s'étaient saignés pour payer les études de ce fils si doué. À présent le frère d'Augustinus – l'aîné, Navigius – gérerait sans doute leur domaine avec leur mère, une femme de tête, mais tous deux pourraient-ils continuer à entretenir le cadet ? Augustinus espérait beaucoup d'un personnage important de Thagaste, Romanianus, un très riche mécène qui par sa généreuse contribution avait encouragé Patricius et Monnica à envoyer leur fils étudier à Carthage.

Je savais qu'il ne se marierait pas avec moi, je l'avais compris dès le début de notre liaison. Pour un homme comme lui, une fille de basse extraction ne peut être, au mieux, qu'une concubine – non pas méprisée, certes, mais ne détenant aucun droit. Même si les parents d'Augustinus n'étaient pas fortunés, Patricius était cependant un petit notable, payant suffisamment d'impôts pour être membre de la curie municipale. Et surtout Monnica était dévorée d'ambition pour son fils préféré, un mariage avec une femme au-dessus de leur médiocre condition provinciale était certainement dans ses projets. Une fois son cursus de rhétorique accompli, Augustinus pourrait lui-même devenir professeur, ou avocat, voire briguer un poste dans l'administration impériale. À condition, bien sûr, d'avoir des appuis.

Non, je ne demandais pas à être épousée. Qu'il revienne, simplement, qu'il revienne vers moi ! Vers l'enfant niché là. Et je caressais ma peau distendue, je percevais les premiers mouvements – il bouge, il rêve, il rêve de son père – et j'attendais. L'enfant. Le père.

J'ai croisé Victoria au marché couvert. Elle m'a annoncé que le premier sermon prononcé par l'évêque d'Hippo Regius aurait lieu samedi prochain, à la basilique Restituta. J'ai réprimé un sourire : cette basilique où Augustinus avait séduit sa première et belle Carthaginoise – pas aussi belle que moi tout de même ? Victoria m'a regardée, je devais avoir l'air bizarre. Tu viendras ? Tu sais, il n'est pas nécessaire de croire en notre Dieu pour assister au prêche, beaucoup de Carthaginois, chrétiens ou pas, s'y précipitent par curiosité, comme ils se rendraient à une fête, ou au théâtre.

Aurait-elle deviné en ce qui me concerne ? Deviné que j'adhérais à ce qu'elle doit considérer comme une hérésie ? Récemment elle m'a proposé de goûter à des lamelles de bœuf séché qu'elle avait préparées, j'ai refusé en alléguant que j'étais plutôt végétarienne.

Aux yeux d'Augustinus également, je suis une hérétique.

Non, je n'irai pas.

J'ai rêvé de toi la nuit dernière. Mais le rêve s'est échappé de moi tel un poisson hors du filet.

Un jour où nous avions emmené Adeodatus à la plage, tu m'avais raconté que, à l'orée de l'adolescence, vivant encore à Thagaste, tu avais rêvé de la mer. De l'intérieur de la mer. Elle bruissait, étincelait, grouillait de bêtes multiples. Par la suite, tu t'étais demandé : comment peut-on voir en songe ce qu'on n'a jamais contemplé dans la réalité ? Ce paradoxe te troublait vivement. Tu voulais comprendre. Tu ne supportais pas de ne pas comprendre.

Et ce matin de juin, mes pas m'ont portée vers la basilique Restituta. Furieuse contre moi-même, marchant avec hargne. Déjà le plomb fondu de la canicule. Heureusement, la longue avenue est plantée de micocouliers, je passais d'une lumière écrasante à des ombres apaisantes. Et je me souvenais que le tout jeune Augustinus, lors de sa découverte de Carthage, avait été émerveillé par la largeur de certaines voies comme par leur verdure.

Bien entendu, je n'avais pas dit à Victoria que je viendrais. Je voulais rester incognita. Et il a fallu que je tombe sur elle sous le grand porche ! Elle m'a entraînée vers les premiers rangs, je résistais en bougonnant – non non Victoria, je partirai probablement avant la fin, je préfère rester au fond –, rien à faire... Debout, nous attendions l'arrivée des évêques. Dans l'abside, deux cathèdres, une pour Aurelius, une pour Augustinus. Sur les côtés, six secrétaires avec leurs tablettes (peut-être Silvanus sera-t-il chargé de recopier, reconstituer ce sermon d'Augustinus ?). L'attente, l'angoisse – j'ai eu tort de venir, c'est absurde, non non, ne pas le revoir, surtout pas ! Et ces senteurs fortes émanant de tous ces corps entassés, l'impression d'étouffer : je me sens mal, Victoria, je préfère sortir. Elle m'a retenue par ma robe – mais non, un peu de patience, ils ne vont plus tarder, tiens les voilà ! Des rumeurs dans le fond de la nef. L'évêque de Carthage avançait dans l'allée centrale. Derrière lui, l'homme aimé. À sa démarche, j'ai immédiatement compris qu'il avait une de ses habituelles crises hémorroïdaires. Rien de surprenant avec pareille chaleur… Plus les quatre ou cinq jours de voyage à cheval, depuis Hippo Regius jusqu'à Carthage. Une épreuve. A-t-il longé la mer, en faisant étape à Thabraca ? Ou a-t-il choisi de passer par l'intérieur, par la vallée de la Bagrada – celle que nous empruntions pour revenir de Thagaste à Carthage ? Dans les deux cas, des routes sinueuses, caillouteuses, de quoi endommager et ses reins et ses fragiles vaisseaux sanguins. Peut-être a-t-il pris par la côte afin de pouvoir respirer l'air marin et la lumière sur la Méditerranée ? Lui, l'enfant natif de Thagaste la montagnarde, l'enfant qui voulait voir la mer.

Le petit garçon nostalgique est devenu évêque. Pour l'écouter, une foule compacte a envahi la basilique Restituta.

Il avait très mal, j'en étais certaine. Moi seule, reconnaissait-il autrefois, détenais une main assez légère, subtile, pour soigner avec la délicatesse nécessaire ces atroces hémorroïdes. Les médecins, ces bouchers, le faisaient hurler. Il s'est assis, précautionneusement – pas le moindre coussin sur ce siège en bois, je souffrais pour lui. Victoria a murmuré : c'est bizarre, l'évêque d'Hippo Regius porte une tunique noire, d'habitude pour l'office les prélats sont revêtus de blanc, regarde Aurelius, peut-être son invité a-t-il gardé sa tenue de voyage ? Je n'ai pas répondu mais j'ai pensé qu'il avait voulu apparaître au peuple de Carthage en toute simplicité, ne le séduire que par le verbe.

À peine une vingtaine de rangs entre lui et moi. La foule s'agitait, s'ébrouait, commentait. Ils se croient au théâtre, m'a glissé Victoria, beaucoup de païens sont venus par curiosité, ou peut-être pour perturber... Je faisais attention à me dissimuler derrière une femme de haute taille (hommes et femmes étaient séparés par l'allée centrale, au moins nous autres manichéens étions-nous mêlés tous ensemble lorsque nous chantions nos hymnes). Les yeux d'Augustinus scrutaient l'assemblée. Je me suis dit qu'il s'efforçait de les capter, comme s'il voulait rassembler dans une vaste nasse ces regards mouvants – les haler jusqu'à lui ? Et je tremblais.

Il a toujours aimé capter, je l'avais senti dès notre première rencontre.

L'évêque Aurelius a prononcé quelques phrases de bienvenue. Augustinus s'est levé, s'est avancé vers nous. Bouleversée, je retrouvais ce visage bien dessiné, marqué à présent par quelques rides – comme le mien. Je ne parvenais pas à raccorder les deux visages. Celui d'autrefois, avant la séparation de Milan. Celui de maintenant. J'oscillais et j'errais entre les deux, perdue... Et sa voix soudain. Ce timbre, grave et suave. Je ne comprenais aucun des mots prononcés, il n'y aurait pas pour moi de parole divine transmise par un évêque, je ne voulais entendre que cette voix, de plus en plus profonde, moelleuse par moments, celle de l'amour, autrefois, lorsque nos corps se cherchaient, en quête du plaisir, quasiment les mêmes intonations, douces et rauques en même temps. Ce timbre réveillait en moi les voix d'il y a vingt ans et plus, la sienne la mienne, entrelacées, peut-être ai-je déliré, c'était à la fois merveilleux et intolérable, la voix labourait et caressait à l'intérieur de mon ventre, je n'ai plus pu supporter, j'ai murmuré à Victoria : un malaise, la chaleur, il faut que je sorte au plus vite… La sueur coulait entre mes seins, je me suis glissée discrètement à travers la foule – pourvu qu'il ne m'ait pas remarquée – et j'ai fui par une petite porte latérale. J'avais envie de crier à tous ces fidèles : si vous saviez combien l'évêque d'Hippo Regius fut un merveilleux, infatigable amant ! Oui, leur crier cette vérité à ces bons catholiques en quête d'une divine vérité et qui allaient ensuite déambuler dans l'humidité sensuelle de l'été, chanter, danser, se soûler puis baiser dans le lit conjugal ou dans quelque couche clandestine. Un merveilleux amant, durant près de quinze ans. Et dans la fidélité l'un à l'autre.

Et voilà que ce matin, nous étions en train de trier des pois chiches, ma sœur et moi, et elle m'a glissé : le veuf qui habite la maison juste après le tonnelier te trouve très belle. J'ai ricané – à mon âge, tu plaisantes ! Si si, il serait disposé à te prendre pour concubine. Il n'en est pas question ! Réfléchis, Elissa, sa demeure est agréable, il gagne très bien sa vie grâce à son commerce de céréales avec Rome. C'est non, Faonia, arrête de jouer les entremetteuses ! Vous en avez assez de m'héberger, de m'entretenir, Marcellus et toi, c'est ça ? C'est ça, dis-le !

Je criais, je criais, comme si je voulais faire taire la voix du sermon, la trop belle voix qui ne cesse de murmurer en moi, et Faonia, stupéfaite : mais pas du tout, tu travailles avec nous, Marcellus ne s'en sortirait pas sans ton aide, ce serait même un grave problème pour nous si tu nous quittais… Elissa, nous avons tous deux une dizaine d'années de plus que toi, qu'est-ce que tu deviendras lorsque nous décéderons, Marcellus et moi ? Je suis bien obligée d'y penser.

— Ne te tracasse pas, je suis déjà morte.

Elle a fondu en larmes :

— Si seulement Adeodatus n'avait pas disparu prématurément…

— Ah non, ne me parle pas d'Adeodatus, ai-je hurlé, ça suffit comme ça !

J'ai renversé la marmite de pois chiches. Faonia m'a regardée, ahurie. Hier, le prêche à la basilique. Aujourd'hui Faonia, et son veuf dont je n'ai que faire, et la perte de mon fils.

La stupeur d'Augustinus à son retour de Thagaste. Son regard sur mon ventre dodu. Il était revenu, il m'aimait, resterait avec moi. En dépit de ce poids sur ma vessie, je me suis sentie légère, soudain, si légère ! Et les nausées ont cessé.

Monnica, l'efficace, la femme de tête, n'avait pas envisagé un seul instant que son fils très aimé puisse renoncer à ses études. Elle s'était empressée de solliciter à nouveau le mécène de Thagaste : Romanianus s'était engagé à verser des mensualités jusqu'à ce qu'Augustinus ait terminé son cursus de rhétorique. Par la suite, il lui faudrait payer sa dette en devenant maître d'école dans sa ville natale – une perspective moins réjouissante, je préférais ne pas y penser... Dans l'immédiat, il convenait de trouver un lieu où nous loger, tous les trois. Faonia, ravie que je sois enceinte – à croire que je portais à sa place –, nous a déniché une petite maison à louer, flanquée d'un minuscule jardinet. Juste de quoi planter des herbes aromatiques, de l'ail, de l'oignon, et un grenadier. L'arbre venu de Phénicie, mon préféré. La maison était située derrière le théâtre, de la sorte Augustinus n'était pas trop éloigné de Byrsa, où il suivait ses cours à côté du forum. Il n'a pas voulu que je continue à travailler chez mes riches Romains. On vivrait chichement mais on s'en sortirait.

J'ai essayé d'interroger sur son père cet homme qui s'apprêtait à devenir père. Il s'est dérobé. Puis a fini par lâcher : sur son lit de mort, Patricius avait consenti au baptême. Toute sa vie, il avait résisté aux objurgations de Monnica. Le fils savait que sa mère avait constamment prié pour la conversion de son époux. Elle avait gagné – était-elle de ces femmes qui finissent toujours par triompher ? J'imaginais le jeune Augustinus pris entre les divinités romaines paternelles et le Christ de douleur maternel, comment s'en débrouillait-il ? Oui oui, ma mère m'emmenait à l'église, mon père laissait faire… La voix crissait, j'ai senti qu'il fallait cesser de questionner. Sans doute, face à un ventre gonflé de vie, lui était-il éprouvant d'évoquer ce père mort depuis peu ? Un brave homme, pour le peu qu'Augustinus ait laissé échapper sur lui. Violent parfois, trompant sa femme, cognant à l'occasion sur les esclaves et les animaux (mais c'était banal à Thagaste, je le constaterai plus tard). Un père qui, sans hésiter, avait sacrifié une partie de son modeste patrimoine afin que son cadet puisse faire des études, et carrière.

La nuit, réveillée par l'enfant s'ébrouant dans mon ventre, il m'arrivait d'imaginer une vieille maison montagnarde – moi qui ne connaissais que la mer et la ville. Là-bas, à Thagaste, y avait-il des bêtes, un chien, des porcs, des poules ? Prudemment, je m'approchais de la grande chambre, là où avaient eu lieu les naissances et où, à présent, le père devait naître à la mort, une pluie dense crépite aux fenêtres, sur un coffre une lampe à huile, des ombres indécises oscillent sur un mur, l'agonisant râle sourdement, à son chevet les ombres parlent à voix basse (mais ce lit, cet homme je ne parvenais pas, ou si peu, à me les représenter, comme si je désirais voir et pourtant, porteuse de vie, me détournais de ces figures de mort), deux ombres, les deux fils, Navigius et Augustinus, silencieux, impuissants, cédant la place à la mère, celle qui sait ce qu'il convient de faire, je devine une silhouette gracile, celle d'Augustinus, et l'autre, celle de son frère aîné, plus lourde, rustique, tous deux à demi relégués par la présence efficace de cette femme, houspillant la servante, harcelant le mourant jusqu'à ce que d'une voix lasse celui-ci consente au baptême, rejoignant ainsi cette épouse (lui qui depuis longtemps avait déserté le lit conjugal pour cavaler ailleurs – ce dont, probablement, l'épouse, bien qu'offensée, ne se trouvait pas plus mal). Par ce sacrement elle le sauvait, estimait-elle, rien de plus légitime, certes, de son point de vue. Et donc Patricius, le païen, le récalcitrant, avait enfin confessé, reconnu le Dieu de sa femme. Bien sûr, en cette extrémité, il n'avait pas été, selon le rite, plongé dans une vaste cuve, on s'était contenté de répandre un peu d'eau sur son front brûlant. Il s'était ensuite paisiblement endormi tel un enfant qui vient de prendre un bain, mais cette fois d'un sommeil définitif. Le silence à présent, la mèche charbonne dans la lampe à huile et les ombres se sont figées. Ainsi m'efforçais-je d'imaginer ces ultimes instants puisque Augustinus, de retour à Carthage, restait muet – douleur ? pudeur ? – sur l'agonie de son père. Peut-être cette quasi-coïncidence du baptême et du décès l'avait-elle par trop bouleversé ? J'ai ruminé quelque temps là-dessus puis les images nocturnes se sont estompées au fur et à mesure que grossissait dans mon ventre cet étranger plus intime à moi-même que moi-même, cet être de l'ombre aspirant à contempler la lumière.

Nuit de chaleur humide et d'insomnie. Et toi, parviens-tu à dormir, souffres-tu moins de tes hémorroïdes ? J'écoute le ressac de la mer, de la ville. Cette rumeur constante, tressautante : Carthage la folle, la fiévreuse. Plus encore l'été. Les spectacles, au théâtre, dans les églises. Les pantomimes dans la rue, les chants et les danses, les putains et les bateleurs. La même liesse pour les fêtes païennes et pour la célébration des martyrs chrétiens – dont leur bien-aimé Cyprien (que je devrais chérir puisque c'est à côté de sa chapelle que nous nous sommes rencontrés). Les jeux meurtriers de l'amphithéâtre, les festins et les beuveries rituelles, le vin et le sang tentant de se rejoindre en une bacchanale allègre et tragique. Un chaudron, disais-tu autrefois de cette cité, un chaudron bouillonnant. Même à l'abri de ton logement épiscopal, tu en perçois, j'imagine, les pulsations amorties.

Je somnole, non loin de toi. Tu ne le sais pas.

Mort, serais-tu moins présent, moins pesant ?

Tu es vivant, et tu as le culot, l'indécence de séjourner ici quatre mois ! Quatre longs mois de stagnation poisseuse dans cette ville où nous sommes nés l'un à l'autre. Toi qui as voulu mourir à moi.

Est-ce que j'existe encore dans ta mémoire, ton étonnante mémoire ? Une ombre tremblée ? Une erreur de personne ? Un objet sans importance largué en chemin ? Te serait-il arrivé de prier ton Dieu de m'éclairer afin de m'attirer dans ton Église ? Mais non, question stupide ! Tu as réussi à m'éradiquer. Ce à quoi je ne parviens pas. Ne le souhaite pas ?

Je n'avais plus qu'un désir, oublier ce prêche à la basilique Restituta – sinon l'homme aimé –, et il a fallu que, aux thermes, je tombe sur Victoria dans le sudarium. Tout en se raclant les talons à la pierre ponce, elle me demande si je vais mieux. Oui oui, ce ne fut qu'un malaise passager… Je m'allonge, je voudrais me dissoudre et m'oublier dans cette étuve. La condensation dégouline le long des mosaïques en grosses larmes paisibles, je me love dans la chaleur, mon corps tente d'exsuder ce qui l'encombre – si seulement la mémoire pouvait ainsi se délester –, d'autres corps autour de moi, estompés par la buée, corps opaques, bovins, leur haleine, leurs sécrétions odorantes. Un vaste ventre maternel, spongieux et flou, m'enveloppe, bientôt je vais m'endormir à l'intérieur de cette membrane mouvante. Le crissement de la pierre ponce me maintient éveillée, je regarde, bêtement fascinée, les débris de peaux mortes tombant dans la rigole. Si seulement j'étais capable d'évacuer ainsi les raclures de la mémoire… Les eaux polluées par le mal, par la souffrance, les emporteraient vers la mer.

Engorgées de chaleur, nous nous rinçons mutuellement avec un seau d'eau fraîche. J'émerge de ma torpeur. Victoria se met à bavarder, alors que j'aimerais prolonger le silence, n'être plus qu'un animal béat. Elle me raconte ce qui s'est passé à la basilique après mon départ précipité : les deux évêques se sont fait attaquer par certains membres de l'assistance. Ah bon, mais pourquoi ? Les fidèles semblaient tellement impatients d'entendre l'orateur venu de si loin ! Victoria tente de m'expliquer : tu sais, il existe beaucoup de tendances et de schismes à l'intérieur de notre Église africaine. Même dans son fief d'Hippo Regius, Augustinus a pour rival un autre évêque, un manichéen, dont les sermons sont assidûment suivis par une partie importante de la population. Selon Silvanus, les évêques de Carthage et d'Hippo Regius auront fort à faire durant encore des années s'ils veulent imposer une unité de doctrine et de pratiques. Et puis viennent au prêche des païens très récemment convertis – peut-être par opportunisme, parce que le christianisme est devenu la religion officielle de l'Empire romain. Ils ne connaissent rien aux textes sacrés ni au dogme.

— Raison de plus pour écouter et s'instruire…

— Oui, mais tu sais comment sont les Carthaginois, vite échauffés ! Ils ont tendance à confondre cirque et basilique, spectacle et cérémonie religieuse. Bref, les deux évêques ont été passablement chahutés, les factieux ont interrompu le sermon, des groupes s'affrontaient, des femmes piaulaient ou s'évanouissaient.

— Et ensuite ?

— Les fauteurs de troubles les plus virulents ont été éjectés par quelques fidèles à poigne. Les deux évêques ont fait face, ils ont repris la situation en main.

— Et l'invité d'Aurelius a pu achever son prêche ?

— Oui, avec beaucoup de fermeté et de vivacité, je l'ai admiré. C'est parce qu'on le sentait lui-même vibrant, passionné, qu'il a, je crois, réussi à subjuguer quelques récalcitrants restés dans la place. Ceux-ci s'agitaient sur les bas-côtés mais Augustinus a haussé le ton, affirmant que l'Église du Christ était une et indivisible. Et que sa fonction de pasteur était de la maintenir telle.

Quel orgueil, quelle certitude d'avoir raison, je te retrouve bien là ! Et pourtant je m'en veux, je n'aurais pas dû fuir au moment où tu allais être attaqué. Comme si je t'avais lâché, trahi… Lorsque tu enseignais ici, tu supportais très mal les rituels chahuts étudiants : un petit groupe, provenant parfois du cours rival assuré par un autre professeur, faisait irruption et empêchait de poursuivre, telle était la tradition. Victoria a raison, à Carthage on s'embrase et on perd le contrôle très rapidement. À Milan, ni les cours d'Augustinus ni les prêches de l'évêque Ambrosius ne subissaient de perturbations. C'est d'ailleurs à cause de ces fameux chahuts et du pouvoir officieux de ces confréries estudiantines qu'Augustinus, excédé, a décidé de partir pour Rome.

Nous passons dans la salle de repos. Victoria s'enduit le corps et les cheveux d'huile aromatique. Elle me tend son flacon – prends-en, je la fais venir d'Alexandrie, elle sent la citronnelle, tu aimes ? Oui oui… Tandis que je masse mes jambes fatiguées par les nombreuses livraisons de la matinée, Victoria regarde mes seins, mes hanches, et commente : toi, tu as le ventre d'une femme qui a porté… Vite masquer mon trouble, vite fabriquer une histoire plausible. J'étais très jeune lorsque j'ai accouché.

Un garçon, mort-né. Ensuite, je n'ai plus pu avoir d'enfant et mon époux m'a répudiée. Heureusement, ma sœur et mon beau-frère m'ont recueillie, je travaille avec eux depuis longtemps. Un bref silence et Victoria murmure : au début de notre mariage, Silvanus ne désirait pas d'enfant, pas tout de suite du moins. Puis cet horrible accident, et maintenant… Nous nous taisons. Deux femmes sans descendance prennent soin de leur corps. Je rêvasse, revenant sur le passé : le motif d'un changement important – quitter Carthage pour Rome –, le connaît-on véritablement sur le moment ? Un prétexte, en fait, cette histoire de chahuts ? Augustinus se sentait enfermé – en lui-même ? –, il s'interrogeait de plus en plus sur le manichéisme. Sans le savoir clairement, je crois, il cherchait une autre voie. Et moi j'ai suivi, bien sûr, en aveugle. Heureuse de traverser la Méditerranée. Et surtout heureuse de larguer Monnica…

Je te frictionne le dos ? propose Victoria. Si tu veux… Son étrille frotte avec vigueur, je me laisse faire, molle, un peu absente. Sa voix reprend : récemment, les chrétiens d'Afrique ont appris la mort d'Ambrosius, l'évêque de Milan. Aurelius en a très certainement informé son collègue d'Hippo Regius dès l'arrivée de ce dernier à Carthage.

Ainsi, en plus des fatigues du voyage et des douleurs engendrées par les hémorroïdes, tu étais dans le deuil de cet homme qui fut tellement important pour toi. Milan… Je te revois revenant d'une visite à Ambrosius. Plus exactement d'une tentative de visite, à plusieurs reprises. Tu apercevais l'évêque lisant en silence dans la petite pièce où il recevait, laissant toujours la porte ouverte : cependant tu n'osais pas l'aborder. Et moi, la fille d'humble extraction, je devinais que mon homme, en dépit de ses talents reconnus de professeur et d'orateur, était resté le petit provincial originaire de Thagaste, timide, empêtré – et d'autant plus orgueilleux –, craignant de déranger le grand aristocrate romain qu'était Ambrosius. Je voyais bien que Romanianus, le mécène fortuné, ou ton ami Alypius, né lui aussi à Thagaste mais fils d'un propriétaire cossu apparenté à Romanianus, n'avaient ni l'un ni l'autre de ces scrupules.

La voix de Victoria me ramène de Milan à Carthage. Elle me propose de revenir les voir, elle et Silvanus : elle apprécierait vivement si, une ou deux fois par semaine, je pouvais passer l'après-midi avec son mari. Ce qui lui permettrait de rendre visite à sa sœur, celle-ci habite très loin, à l'extrémité nord de Megara.

— Tu comprends, je n'aime pas laisser Silvanus seul durant plusieurs heures, je ne fais pas totalement confiance à Rustica. Cependant elle t'aidera à soulever Silvanus pour uriner ou déféquer, si c'est nécessaire. Je te dédommagerai, bien entendu.

Ce que j'ai refusé. Mais je viendrai. Pour retrouver l'odeur du parchemin qui entourait Augustinus.

Je m'enduisais les mains d'huile pour séparer les menus grains de la semoule. Tu me regardais, et tu murmurais : tu les caresses si savamment… Tu m'embrassais, je te repoussais :

— Arrête, je te connais, bientôt tu vas réclamer à manger, toi l'affamé, l'insatiable !

— Eh oui, insatiable, et de toi avant tout.

Bien sûr, je cédais.

Cet interminable été de torpeur moite. Seul le contact de l'argile me soulage un peu. Parfois, en fin d'après-midi, je me plonge tout habillée dans la mer et m'efforce de conserver sur ma peau sa fraîcheur saline. Je t'avais initié à ce rite dès notre première année de vie commune.

Pourquoi passes-tu autant de temps dans cette ville – *notre* ville autrefois ? Qu'attends-tu pour repartir dans la tienne, dans ton évêché, auprès de tes ouailles qui t'attendent ? Silvanus, à qui j'ai tenu compagnie hier, m'a raconté : en ce début d'août, tous les évêques de l'Afrique proconsulaire, de la Byzacène et de la Maurétanie se sont réunis en concile. Ils ont œuvré afin de démanteler les schismes et les hérésies. Les débats ont été houleux, beaucoup de tendances s'affrontaient. Au final, l'évêque d'Hippo Regius l'a emporté : le manichéisme a été fermement condamné.

Traître, salaud, tu brûles ce que tu as adoré ! Ce que tu as fait adorer à tant d'autres ! À moi, à tes amis très chers, armé de ta séduction, de ta vigueur intellectuelle et de ta rage persuasive. Salaud ! Fulmine, fulmine, tu ne m'empêcheras pas d'aimer mes fruits de lumière – la seule nourriture que je parvienne à absorber par cette chaleur. L'été mûrit, les figues et les grenades également. La figue, sa peau de ténèbres, sa chair vineuse, grumeleuse et radieuse.

Si longtemps je fus ce fruit que tu faisais mûrir, s'entrouvrir, juter. En toute saison.

Chaque semaine je passe un ou deux après-midi avec Silvanus. Souvent il somnole car il a consacré une partie de la nuit à son travail de copiste, profitant d'une relative fraîcheur. Durant sa sieste, j'époussette la bibliothèque. La servante me donne un coup de main pour déplacer avec précaution certains grands rouleaux. J'ai remarqué qu'il y en avait de moins en moins. Lorsque Silvanus se réveille, Rustica nous sert une collation de fromages frais et de figues – je me souviens combien Augustinus aimait les associer.

Aujourd'hui, Silvanus m'a expliqué pour les rouleaux. Il les remplace peu à peu par ce qu'il appelle un codex. On assemble les feuilles non pas verticalement les unes à la suite des autres mais côte à côte. De la sorte on lit en tournant les pages de droite à gauche et non plus en déroulant, c'est beaucoup moins encombrant. Et tellement plus facile à transporter ! Et surtout le contenu de trente-cinq rouleaux tient dans six codex ! Il m'a montré plusieurs exemplaires acquis ces derniers temps. Comme ils sont précieux, et très chers, il les avait rangés dans un casier fermé. Je fus très étonnée : mais par exemple, dans la bibliothèque épiscopale de Carthage, c'est maintenant le codex qui prédomine ? Oui, et depuis très longtemps déjà car, à la différence de particuliers comme moi, ils ont assez d'argent pour en acheter en quantité.

À Hippo Regius aussi, très certainement. J'essaie d'imaginer Augustinus accomplissant ces gestes si différents. Sa façon de lire, d'écrire, de réfléchir en a-t-elle été modifiée ? Dans notre maison exiguë, il y a une vingtaine d'années, il me fallait débarrasser et nettoyer soigneusement la table afin que tu puisses t'installer avec ton lourd rouleau, le faire tourner avec les pouces, lire, noter, commenter. Pendant ce temps, je couchais Adeodatus, j'attendais l'endormissement avant de revenir m'installer au bout de la table avec ma couture. J'aimais te voir aux prises avec le texte. Parfois murmurant, ou quasiment en silence. Parfois t'exclamant, reprenant un passage à voix haute, le rythmant, débattant – avec l'auteur ? avec toi-même ? Le marmonnement de ta voix et le bruissement ténu du rouleau s'entrelacent toujours dans ma mémoire.

Lorsque tu as appris à lire à notre fils, j'ai essayé de suivre les leçons (enfant, j'étais allée chez le maître d'école, mais pas très longtemps) et au bout de six mois j'arrivais à suivre, presque couramment. En jetant un coup d'œil sur un codex – celui-ci provient d'Alexandrie, a précisé Silvanus –, j'ai eu l'impression que je pourrais à peu près comprendre.

Dans un angle, j'avais remarqué des tablettes de cire empilées et je me suis risquée à interroger Silvanus : quel discours ou quel sermon transcris-tu en ce moment ? Deux d'Aurelius, un d'Augustinus. Et moi, le catholique, je suis parfois surpris par la rigueur, l'âpreté d'Augustinus. Dans son dernier prêche, il affirme avec force que l'homme ne peut accomplir le bien par sa propre volonté, par son seul mérite. Les actions humaines, même bonnes, ne sont rien sans une grâce émanant de Dieu, une grâce qui éclaire et soutienne le pécheur. Tout nous est donné par Dieu. D'ailleurs il a cité l'apôtre Paul : "Qu'as-tu donc que tu n'aies reçu ?"

De toi, j'avais reçu l'essentiel. Tu me l'as ôté.

— Tu veux dire qu'observer strictement les règles de la loi, comme le font les juifs par exemple, ne serait pas suffisant ?

— Non, il faut ce don de Dieu.

— Et si Dieu, enfin ton Dieu, celui des chrétiens, ne l'accorde qu'à certains ?

Silvanus a eu un geste las, accablé presque. Je l'ai senti troublé. Déjà disgracié physiquement, quelle souffrance d'être, éventuellement, ignoré par ce Dieu tout-puissant. Et j'ai pensé également : ainsi le fier Augustinus d'autrefois avoue n'être rien sans cette intervention divine... Comment a-t-il appris à se délester de son orgueil ? Mais peut-être cela ne s'apprend-il pas ?

Là-dessus, Victoria est arrivée, volubile, rapportant de chez sa sœur des grenades, les premières de la saison. Elle nous a annoncé que, au début septembre, Augustinus prononcera son dernier sermon avant de retourner à Hippo Regius. Ce sera pour les grandes fêtes en l'honneur du bienheureux Cyprien, à la basilique des Mappalia. Mais, a-t-elle ajouté, c'est trop loin, cette fois je ne m'y rendrai pas.

Augustinus était troublé de faire l'amour avec cet inconnu dans mon ventre.

— Tu crois que nous le dérangeons ?

— Ne te tracasse pas, il s'en accommode.

— Mais qu'est-ce qu'il ressent ?

— Tu lui demanderas plus tard, lorsqu'il saura parler.

Il souriait, tout de même... Revenait à la charge :

— Il doit être secoué.

— Ça le fait rire, peut-être...

Anxieux, mon homme. Moi, par contre, d'une sérénité béate. J'étais étonnée de son attention à mon ventre distendu, à ce qui croissait et se mouvait là-dedans. Faonia et lui semblaient partager la même expectative inquiète. En ce qui concernait ma sœur, stérile, je comprenais : elle portait avec moi. Pour un homme, cela me paraissait plus surprenant. Mais si je l'aimais, cet homme, c'était aussi pour son étonnante sensibilité et sa vulnérabilité. Il posait sa main sur cet arrondi proéminent :

— Je le sens bouger... Mais, avant, il était où ?

J'étais ahurie :

— Voyons, Augustinus, c'est en moi qu'il a commencé, grâce à toi !

Une réponse qui ne te satisfaisait pas, toi, l'homme de l'incessant questionnement :

— Ainsi, avec du "deux" on fait de "l'un" ?

— Ben oui…

— C'est tellement étrange. Et comment parviendra-t-il à se séparer de toi ? Pour moi c'est impensable.

— Ne t'inquiète pas, il se débrouillera.

Nous l'avons nommé Adeodatus – "donné à Dieu". Je préférais lui murmurer son nom en langue punique : Iatanbaal. Qui signifiait "donné par Dieu", ce qui me plaisait mieux. Et surtout Iatanbaal était plus chantant à mes oreilles et, je l'espérais, aux siennes.

Parents à dix-huit ans. Deux enfants, quasiment, contemplant cet enfant qui leur était échu. Je ne suis pas certaine qu'Augustinus ait véritablement désiré être père durant la période où il terminait ses études. Et je le comprends seulement maintenant : ce fut sans doute une épreuve de devenir presque en même temps orphelin et père.

Il s'indignait, mi-sérieux mi-plaisantant :

— Tu lui as donné l'hospitalité durant neuf mois puis tu l'as rejeté…

— Qu'est-ce que tu racontes ? Il est là, béat, collé à moi, confit dans mon odeur, une bulle de lait éclose entre les lèvres.

— Mais tu l'as chassé hors de toi, hors de sa demeure ! Un grave manquement aux lois de l'hospitalité. Plus jamais tu ne lui ouvriras la porte de ton corps.

— Eh non, elle t'est réservée à présent…

— Il n'empêche ! Avoir été ton hôte durant neuf mois, nourri, chauffé, bercé, puis être expulsé avec cette violence ! Expulsé sur ces mots : jamais tu ne reviendras en cette maison. Un exil définitif. Tiens, j'envie les moucherons ! Eux, au moins, ils naissent d'emblée au sein du monde, ils n'ont pas à franchir ce passage de l'obscurité à la clarté, d'une présence enveloppante à l'absence. Nous, par contre, il nous faut nous efforcer de vivre alors que l'autre – qui n'était pas autre, auquel on était incorporé, si intimement tissé – ne vous porte plus et vous abandonne dans ce monde angoissant…

Aujourd'hui, vingt-cinq ans plus tard, j'aurais envie de te dire : eh bien, tu vois, tu as réussi à te séparer de moi, et même à m'arracher Adeodatus une seconde fois.

Augustinus contemplait son fils en train de téter – tu te rends compte, si petit et déjà cette force avide, cet acharnement ! Ou bien : il braille, pourquoi ne lui donnes-tu pas le sein ? Parce que je suis en train de nous préparer à manger. Tu entends ces hurlements, c'est terrible ! Mais non, et puis ce n'est pas plus mal que, à quinze mois, il apprenne un peu à attendre.

Toi, tu ne supportais guère d'attendre. Ni pour les plaisirs de la table, ni pour ceux du lit. Ni d'ailleurs pour t'embarquer, fougueusement, dans une polémique.

Oui, je me souviens de ton angoisse en présence de ce nourrisson fragile et tenace. Aurait-il réveillé en toi une très vieille, indicible mémoire ? L'angoisse d'être lâché, largué dans un monde incompréhensible ? L'exilé, c'était toi. Et peut-être seul ton Dieu a-t-il pu exorciser cette très ancienne terreur. Ton Dieu, un immense ventre, infini et toujours hospitalier ?

Tu préférais les olives provenant de la région au sud d'Hippo Diarrhytus. Dodues, savoureuses. Je les choisissais avec soin au marché et les conservais dans une jarre que Faonia et Marcellus nous avaient offerte pour la naissance d'Adeotatus.

Cette jarre aux flancs renflés, j'avais le sentiment qu'elle me représentait lorsque j'étais enceinte. Et si elle se remplissait d'olives par mes soins, mon corps à présent – je l'avais compris – devait rester vide. Tu avais été ému par l'arrivée de ce fils, tu t'émerveillais, t'inquiétais pour lui, mais il te fallait te consacrer à l'achèvement de tes études et songer à ta future carrière. En outre, les manichéens prêchaient avec vigueur contre l'engendrement : non, pas d'autre enfant ! Je l'avais compris sans que tu aies à l'énoncer. Pas très facile à observer, cette règle, avec un homme aussi ardent. Restait le recours aux amulettes – guère efficaces –, aux potions du sorcier, aux onguents supposés annuler les effets du sperme, et finalement aux manœuvres éprouvantes d'une avorteuse indiquée par une voisine. De ces épisodes ne me reste que le goût amer de l'angoisse, de la souffrance et de la dépossession.

Et à présent, que fais-tu, toi l'évêque d'Hippo Regius dans la force de l'âge, que fais-tu lorsque surgit en toi le désir ? Tu pries, tu implores cette mystérieuse grâce ?

Et ce 14 septembre me voici en route pour la basilique des Mappalia. Encore une longue marche, sous un ciel glaireux. Un orage mijote du côté du golfe. Asphyxiante, une incandescence blême écrase le plateau. Je peine, oppressée, respire mal et dégouline… Nous sommes nombreux à nous diriger vers les Mappalia : les fidèles savent que tu retourneras bientôt à Hippo Regius.

Il y a quelques jours ce fut l'anniversaire de notre rencontre. Bien sûr tu l'as oublié. Hier, j'ai eu quarante-trois ans. Pour toi, ce sera dans deux mois. Ta vie est maintenant rythmée par la liturgie catholique, par les fêtes de vos saints. Aujourd'hui vous commémorez le martyre du bienheureux Cyprien. Carthage est en liesse, chrétiens et païens confondus. Bizarrement, je ne peux imaginer que le Cyprien patron de la ville, célébré en grande pompe dans les deux basiliques à lui dédiées, soit le même que celui de l'humble chapelle, là-bas hors les murs, tout en haut de la falaise.

J'espérais trouver un peu de fraîcheur à l'intérieur de la basilique mais elle est déjà pleine à craquer, poisseuse d'odeurs lourdes, parcourue de remous. Aujourd'hui, ai-je décidé, je veux parvenir à supporter ta voix, je veux t'écouter, et même tenter de te comprendre. Mais sans te regarder. Ta voix et ton visage en même temps, non, ce serait trop difficile à supporter, je fuirais à nouveau. Je me faufile à travers la foule des femmes et me terre dans une nef latérale, adossée à un pilier, yeux fermés.

Brusquement ta voix m'atteint, cinglante. Elle fulmine contre les combats de gladiateurs, contre cette attirance pour les massacres. Tu condamnes ces catholiques qui, au lieu de répondre à l'appel de Dieu, cèdent à l'appel du sang, sang des bêtes, sang des hommes, et tôt le matin interrompent leur sommeil afin de trouver place sur les gradins de l'amphithéâtre. Avec fougue, tu vitupères ce trouble plaisir (et je repense à ton ami très cher, Alypius – un peu le mien également –, qui eut tant de mal à s'arracher à cette passion). Tu tonnes, rageusement. Et j'ai envie de te murmurer : doucement, doucement, n'oublie pas que ta voix est fragile… Je sens l'assistance frémir, s'arquer et gronder sourdement, gros animal pris à rebrousse-poil.

Contournant le pilier, je me fraie un chemin entre les corps agglutinés puant la sueur, et je te regarde, réussissant à me faire sourde à ta voix. Ton visage tendu, tes yeux chargés d'intensité. Tu veux dominer cette foule, juguler ses pulsions. Je bats en retraite derrière mon pilier et j'écoute à nouveau. Tu les exhortes : il leur faut renoncer aux jouissances engendrées par le spectacle du meurtre, par le sexe et la danse, par les ripailles et les soûleries, traditionnelles en ces jours festifs. Allons donc, tu devrais savoir que tu ne pourras les convaincre ! Tu as vécu longuement parmi eux, tu les connais, tu fus des leurs… Mais je t'admire de te battre avec cette opiniâtreté rageuse.

À présent tu évoques l'amour. Ta voix vibre d'une véhémence neuve. Une voix pétrie de douceur bien que soutenue. Je frémis, vacille, heureusement je peux m'appuyer contre le pilier protecteur. L'amour de Dieu pour sa créature, l'amour de cette créature pour Dieu sont sans mesure, affirmes-tu (je n'ai pas eu le sentiment de te mesurer le mien). Tu insistes : ils n'ont rien de commun avec l'amour humain, il faut aimer Dieu sans s'aimer soi-même.

Ainsi, nous n'avons plus rien en commun.

L'absence de Dieu n'est pas une absence, dis-tu. Je ne comprends pas mais je ressens encore plus vivement la plénitude de ton absence.

Tu poursuis, tu t'attaques à l'adultère. Les époux doivent être fidèles l'un à l'autre – ce que nous fûmes toi et moi… Tu fustiges tout particulièrement l'homme qui trompe sa femme – cet homme pour lequel, ici à Carthage comme dans toutes les provinces africaines, l'opinion est très indulgente. Ta voix monte, tu n'admets pas que des épouses chrétiennes soient ainsi bafouées, elles n'ont pas à supporter pareille épreuve ! Je devine des remous et ricanements de l'autre côté de l'allée, là où sont massés les hommes, et je ne peux m'empêcher de m'interroger : celle que tu défends avec cette vigueur, ne serait-ce pas ta mère, Monnica si souvent cocufiée par Patricius ? Non, répètes-tu, non, tu ne le toléreras pas ! D'ailleurs l'idéal serait que, après avoir procréé, mari et femme s'en tiennent à la continence, voire à la chasteté définitive. Ta voix est aussi intense que lorsque tu réprouvais la fascination pour les divertissements sanglants.

J'essaie de nous imaginer, toi et moi, après la naissance de notre fils, et ne désirant pas d'autre enfant, j'essaie, oui, de nous imaginer dormant côte à côte sans plus jamais nous toucher alors que nous n'avions même pas vingt ans.

Le silence, soudain. La foule s'ébroue tel un combattant sonné, se retire par remous lents. Je te vois repartir, de dos, vers le fond de l'abside. Cette longue tunique blanche. Calme, pure.

Tu t'éloignes. Tu es si loin de moi.

Nous n'allions jamais voir les combats de gladiateurs mais, très souvent, nous nous rendions au théâtre. Je confiais Adeodatus à ma sœur pour la nuit. Toi et moi nous aimions nous installer tout en haut des gradins, sur la gauche. De là, nous apercevions le bras de mer, la montagne de l'autre côté, coiffée de ses deux mamelons. L'un bien rond, tel un sein parfait. L'autre détenait également une belle courbe, mais légèrement dentelée. En secret, je m'amusais à les nommer le bon sein et le mauvais sein. Durant la représentation, il m'arrivait de me détacher et de laisser flotter mon regard vers le ciel, ou vers le scintillement marin – comme si je cherchais un antidote à la noirceur humaine, si souvent présente sur la scène. Toi, tu étais un spectateur avide, passionné. Des tragédies notamment. Je te sentais happé par le drame des amoureux désunis (ce fut le nôtre) ou par tel ou tel personnage marqué par le destin. Aussi bien par Œdipe meurtrier de son père sans le savoir que par Oreste tuant sciemment sa mère. Ce crime-là te révulsait particulièrement : frapper, pénétrer le ventre qui vous a porté… Je protestais : mais cette femme est une criminelle, elle a assassiné son époux, rejeté son fils ! Tu n'en démordais pas. J'avais compris, il ne fallait pas toucher à la mère. Et moi j'étais médusée par Œdipe retournant au ventre de la sienne – hospitalière, cette mère-là…

Lors de certains spectacles, il t'arrivait de pleurer. Et de ricaner ensuite de ces larmes tandis que nous rentrions par des ruelles sentant le jasmin : c'est absurde de se laisser ainsi capter, leurrer, je m'en veux… Mais là réside le plaisir du théâtre ! Et toi de rétorquer : ce trouble plaisir pris à contempler la souffrance des autres ? Cette jouissance suspecte face à la mort, au meurtre, à la séparation, au suicide ? Toi et moi nous sommes révulsés par ces affrontements où succombent hommes et bêtes, et nous ne le sommes pas par le théâtre ? La réponse était aisée – mais au théâtre c'est un leurre, le sang qui coule est fictif ! Non, Elissa, non, si nous sommes émus, c'est bien parce que, sur le moment du moins, nous y croyons. Pour de vrai, comme disent les enfants. Pourquoi avons-nous besoin de ce leurre, et pourquoi le mal nous fascine-t-il autant ? Et moi : tu sais bien ce qu'affirment les manichéens, l'horreur est présente partout, en l'homme, dans ce monde, le mal stagne, le mal court, nous lui faisons face avec nos pauvres moyens, y compris celui de le représenter.

Et bien sûr, dans le sillage de ces émotions et discussions, sitôt rentrés, nous faisions l'amour. Le lendemain, j'allais chercher Adeodatus chez Faonia et Marcellus. Un peu coupable, tout de même… Son sourire confiant me rassurait. Mon fils me tendait les bras, retrouvait un ventre accueillant, son port d'attache. Augustinus, je crois le comprendre seulement maintenant, n'a cessé de le chercher.

Je suis revenue t'écouter. Seule, à nouveau. Engluée dans la foule des femmes, la touffeur de leurs odeurs. Les femmes auxquelles je t'entends prescrire de cacher leur chevelure lorsqu'elles sortent de chez elles. Je n'en ferai rien, bien entendu ! Qu'est donc devenu l'homme qui aimait la senteur de mes cheveux lorsque je les dénouais et les brossais ?

Ta voix, souple et ferme. Aussi belle qu'il y a une vingtaine d'années, lorsque tu étais un professeur de rhétorique réputé. Je savoure les changements de rythme, les inflexions tour à tour douces, incisives. Tu utilises un latin simple, accessible à tous, élégant cependant. Et voici que tu reviens sur la question de l'adultère : toute épouse trompée par son mari peut en appeler à l'Église afin de faire respecter ses droits – n'auras-tu donc jamais fini de réparer les offenses subies par ta mère ? Tu t'échauffes sur ce thème, à nouveau tu condamnes l'homme marié qui fait l'amour avec sa servante ou avec une autre femme. Si elle n'est pas ton épouse, celle avec laquelle tu couches est une prostituée, déclares-tu fermement en te tournant vers le groupe des hommes, et tu peux même lui dire de ma part que l'évêque l'a insultée…

Eh bien, tu n'y vas pas de main morte ! Ça glousse et ça s'agite du côté des hommes, comme le faisaient parfois tes jeunes élèves à Thagaste. Derrière moi, une femme murmure : il a raison, l'évêque d'Hippo Regius, je vais rapporter ses propos à mon mari… Je m'extirpe du magma mouvant qui m'entoure, me glisse par la porte arrière et me retrouve dans la crudité de la lumière. Étrangement, il me vient une envie de rire. Légère, je descends une rue en pente vers la mer, me répétant : eh bien moi, Elissa, je fus la putain de cet Augustinus, et je n'en suis pas peu fière ! Non, tu ne m'as pas insultée.

L'évêque d'Hippo Regius, m'a dit hier Silvanus, a repris le chemin d'Hippo Regius. Il y a vingt-quatre ans, avec ta compagne et ton fils, tu t'embarquais sur cette même route, qui passe par Thagaste si on prend par l'intérieur. Tu t'apprêtais à devenir maître d'école dans ta ville natale, payant ainsi ta dette envers Romanianus, ton bienfaiteur. Compte tenu de tes connaissances, tu n'aurais pas à apprendre la lecture et l'écriture aux plus jeunes mais tu enseignerais la grammaire ainsi que l'art de rédiger. Même assuré de ce titre de grammairien, tu n'étais guère enchanté de cette perspective : tu avais détesté l'école, tu n'avais aucune envie d'y retourner. Quant à moi, j'appréhendais de quitter ma ville natale. Et la mer – comment pouvait-on respirer sans apercevoir la mer, sans entendre sa rumeur ? Il était convenu que nous logerions dans ta famille, il n'y avait pas, disais-tu, d'autre solution, ton salaire serait très modeste. Pourtant, à Carthage, nous avions réussi à vivre de peu. Tu n'osais pas, je crois, refuser l'hospitalité maternelle. Oui, j'appréhendais…

Cette lente remontée de la Bagrada. Tout en malaxant l'argile, je t'accompagne. Une large vallée au début, de belles cultures de céréales, des arbres fruitiers, des pentes douces. Je t'imagine ruminant sur le bilan de ce concile à Carthage. Ou sur les remous provoqués par tes sermons. Tu espères que les secrétaires les ont correctement transcrits, il faudra que tu les relises – mais avec toutes les tâches qui t'attendent à Hippo Regius trouveras-tu le temps ? Et je nous aperçois tous les trois, toi sur le cheval de tête, moi derrière, Adeodatus dodelinant, serré contre moi par une large étoffe. Avec le recul du temps, il me semble entrevoir les personnages de la fuite en Égypte. Derrière encore, un mulet avec nos bagages, bien sûr tu ne saurais te séparer de tes précieux rouleaux. Nos vêtements sont réduits au minimum, j'ai tout de même emporté de quoi changer notre fils. Par chance j'ai encore beaucoup de lait. Bercé par le pas souple de ma jument, Adeodatus dort, bienheureux.

Tu es fatigué. Ce lourd été carthaginois, les prêches houleux, les âpres débats du concile t'ont épuisé. Et pourvu que les hémorroïdes ne récidivent pas lors de cette longue chevauchée ! À tes côtés, j'espère, un prêtre de ton diocèse, il a prévu une gourde, des galettes d'épeautre, des fruits, il t'incite à des pauses fréquentes. Je me souviens de celle que tu m'as proposée, à la fin de notre première journée de voyage : retourne-toi, Elissa, regarde bien, après nous ne verrons plus la mer. Tu as entouré tendrement mon épaule et tu m'as indiqué, très lointaine, une flaque scintillante. Déjà, à mes yeux, ce n'était plus la mer. Sur la droite, as-tu ajouté, la montagne aux deux renflements mais d'ici on les reconnaît difficilement, le profil des sommets est modifié. Eh oui, j'avais perdu mes repères. J'ai frissonné, tu m'as embrassée, Adeodatus s'est mis à pleurer, je l'ai fait téter. Nous sommes repartis, je commençais à avoir mal au dos. Le gîte de notre première nuitée était tellement répugnant que j'ai préféré dormir dans l'écurie, à côté de ma jument, la litière m'a paru plus propre que les paillasses de la chambrée collective. Mais il m'était étrange de passer une nuit sans ton odeur, sans ta respiration.

Tant de nuits privée de cette odeur, de ce souffle…

Très certainement, c'est là que tu fais étape. Bien évidemment, tu as oublié que tu t'es arrêté en ce lieu avec femme et enfant. Tu n'avais pas dix-neuf ans.

Deux jours plus tard, en fin d'après-midi, la vallée a commencé à se resserrer, et moi à m'angoisser. Les eaux de la Bagrada sont devenues plus tumultueuses. La végétation changeait, je ne connaissais pas ces arbres à la verdure sombre. Après un brusque tournant, juste face à nous, une haute paroi rocheuse, et je t'ai crié : on a dû se tromper de route, tu vois bien, on ne peut pas passer ! Tu as ri – mais non, Elissa, ne t'inquiète pas, on passe ! Eh oui, le chemin s'incurvait, contournait, sinueux, malin. Plus loin, à nouveau, la vallée m'a paru barrée, nous allions buter contre cette pente abrupte et broussailleuse, je me sentais prise au piège, j'avais envie de protéger Adeodatus, tu te retournais, tu me souriais, rassurant, la route réussissait à se faufiler, plus tard nous avons franchi un col – j'étais étonnée d'avoir presque froid alors que nous étions au début septembre –, puis une autre vallée dont les oliviers me paraissaient rabougris, c'était donc cela la montagne ?

Tu dois apprécier de trouver un peu de fraîcheur lors de ta quatrième nuit de voyage.

Le cinquième jour, nous avons quitté le cours de la Bagrada pour monter très haut, par une route en lacets. Les bêtes peinaient. Le dernier col, m'as-tu dit. La vue était magnifique, certes, mais j'avais peur. Pas seulement de la montagne. Puis cette descente impressionnante, tout en courbes. Au milieu, nous avons marqué une pause, tu m'as indiqué en contre-bas des toits et des terrasses dans la verdure : Thagaste. La lumière était belle, les pins sentaient bon, tu paraissais heureux de revenir chez toi.

Sur le seuil de la maison, une femme en noir t'a souri. Monnica s'est aussitôt tournée vers moi, m'a embrassée chaleureusement, m'a souhaité la bienvenue : ma fille, vous êtes ici chez vous. Seulement après, elle t'a pris dans ses bras. Puis s'est extasiée sur Adeodatus, baveux, grognon, puant la merde. C'est bien ce que je craignais, cette mère était parfaite.

Sans doute dors-tu à Thagaste, chez ton frère Navigius. Peut-être iras-tu demain matin sur la tombe de ton père et de ton fils. Le grand-père et le petit-fils ne se seront pas connus de leur vivant mais se seront rejoints dans la mort.

Monnica est inhumée à Ostie.

Tu reprendras la route vers Hippo Regius. Moi la mienne, vagabonde, dans le passé.

Déjà à l'époque de notre séjour à Thagaste, tu étais étonnamment sensible au passage du temps. Ce n'était pas la question du vieillissement qui te préoccupait mais l'impossibilité de ressaisir la durée. De la nommer, puisque pour toi le langage était essentiel. Tu vois bien, Elissa, le temps que je me pose la question – c'est quoi le temps ? – déjà il s'est échappé. Comment le désigner ? Le présent, on ne peut en parler sans l'annuler, le passé s'estompe si vite, et l'avenir se dérobe.

Tu m'interloquais, m'étourdissais. Tu revenais à la charge, jusqu'à me donner le vertige. J'essayais de faire front en ayant recours à l'ordinaire merveilleux du quotidien : aujourd'hui, Adeodatus a fait ses premiers pas, eh bien c'est cela le présent et il suffit à me combler ! Oui oui, répondais-tu, moi aussi cette marche titubante m'a bouleversé, mais tu vois bien : déjà nous en parlons au passé et ce moment exceptionnel a basculé derrière nous.

Et je rétorquais, bêtement : moi je suis avec toi dans le présent, et je suis bien, et je ne désire d'autre avenir que ce présent.

Tu secouais la tête, tu semblais dire, c'est tellement plus compliqué.

Et bien sûr advint un tout autre avenir que ni toi ni moi ne pouvions prévoir. Un avenir à présent effondré derrière moi. Si vains mes efforts pour maintenir présent ce passé.

La douceur de ce début d'automne, à Thagaste. La salle commune, son carrelage rouge sombre, luisant – Monnica le fait laver tous les jours par la servante. La porte arrière s'ouvre sur le jardin, le soleil se glisse jusqu'à un tapis bourru, à motifs géométriques – je l'ai acheté à des Numides, m'a-t-elle expliqué, leurs femmes sont d'excellentes tisserandes, elles descendent de la montagne les jours de marché. Moi-même je suis d'origine numide par mes grands-parents maternels, d'où mon prénom. Elles le savent, je m'entends bien avec elles, j'arrive à marchander.

Sur ce tapis, calé contre la chienne, Adeodatus, béat, tiraille sur les poils. Tigris consent, non moins béate. Elle et mon fils s'adorent. Au début, j'avais peur de les laisser seuls ensemble. Augustinus et Monnica m'ont rassurée – c'est vrai, pas de meilleure gardienne que cette bête. J'apprécie ce calme, cette lumière tiède sur le jardin, enrobant les salades et les marguerites : ici, a souligné Monnica, on cultive côte à côte fleurs et légumes, le beau et l'utile. Mais vos potirons également sont très beaux, je me nourris rien qu'à regarder ces formes dodues (bien entendu, je n'ai pas ajouté que j'essayais, selon les bons principes manichéens, d'absorber et distiller leur luminosité). Cette profusion de courges repues de soleil, dorées, vert pâle, orange vif, me réjouit l'œil, et le palais. Monnica les utilise exclusivement pour la soupe. Je lui montre comment les mélanger, bien écrasées, avec du lait, des œufs, un peu de cannelle et de cumin, et hop dans le four à pain, pas trop chaud, n'est-ce pas que c'est savoureux ? Elle a l'amabilité – l'habileté ? – d'en convenir. À travers la cuisine et le potager – sa fierté et celle de Navigius, son aîné –, nous nous amadouons mutuellement. Une paix armée ? Mais non ! Nous voulons toutes deux le bonheur d'Augustinus, cela va de soi… Qu'il puisse préparer tranquillement ses cours. Lesquels débuteront à la mi-octobre, une fois les vendanges terminées. Navigius veille sur la récolte, elle s'annonce prometteuse – cette année nous n'avons pas eu de gelée printanière, avec la montagne si proche c'est toujours le risque.

Cette montagne ne m'oppresse pas trop. Et je suis un peu rassurée : je craignais que ne surgisse, à travers la nourriture, l'épineuse question de notre appartenance au manichéisme. Augustinus avait préféré ne pas en informer sa catholique de mère. Certes, nous ne pouvons suivre le même régime qu'à Carthage. J'ai la nostalgie des dorades au fenouil, des petites seiches grillées sur la braise. Au marché de Thagaste, on trouve un peu de poisson mais j'ai des doutes sur sa fraîcheur. Avec les fruits, les légumes, le lait de brebis et les œufs du domaine familial, je réussis à préparer une nourriture à peu près respectueuse de nos croyances et principes. Le soir, le plus souvent, une bouillie de millet avec des œufs battus et du miel. Jamais de vin pour nous deux. Monnica et Navigius en boivent un peu. Une famille sobre, économe. Monnica ravaude soigneusement les vêtements usés.

Augustinus a récemment commencé ses cours, dans une petite salle donnant sur le forum, fermée par une grande tenture d'un bleu délavé. Lorsque je passe devant pour me rendre aux bains municipaux, j'écoute la psalmodie des voix aigrelettes – certaines en train de muer –, celle plus grave de mon homme, reprenant, insistant sur la scansion des vers, sur l'alternance des syllabes, longues, brèves. Je sais combien son oreille est sensible à la musicalité de la langue. Il a fort à faire car ses élèves prononcent avec l'accent du coin (cet accent que j'avais repéré en entendant pour la première fois ce petit jeune homme, là-bas à Carthage, sur la falaise). Certains, dans leur famille, parlent le punique, qui résiste depuis cinq siècles. Augustinus d'ailleurs le comprend en partie, le baragouine un peu.

Le 13 novembre 373 approche. Nous fêterons à la fois les dix-neuf ans de mon fils et ses débuts de professeur, me déclare Monnica : je m'occupe de tout, y compris du repas d'anniversaire. Je crains le pire. Effectivement ! Navigius a pris un lièvre au collet, Monnica l'a fait longuement, secrètement, mariner à la cave dans un épais vin rouge parfumé d'aromates. Lorsqu'elle pose triomphalement le plat sur la table, le regard d'Augustinus dérape sur cette viande brunâtre, comme la sauce. Pis que brune, noirâtre. Et l'odeur ! Âcre, violente…

— Je regrette, mère, il ne m'est pas possible de manger une viande aussi foncée, et faisandée.

— Mais lorsque tu avais treize ou quatorze ans, tu en raffolais !

— Peut-être, je ne me souviens pas… Ce genre de plat est interdit par les manichéens.

Stupeur, silence.

— Parce que tu appartiens à cette secte infâme ?

— Oui, mais ce n'est pas une secte, c'est…

— Elissa également, je suppose ?

Je confirme, d'un bref signe de tête. Navigius se sert, commence à mastiquer :

— C'est délicieux, mère.

Elle se dresse :

— Sortez de chez moi, tous les deux !

Navigius tente d'intervenir, elle le cloue d'un mot sec. D'une voix la plus neutre possible, je murmure :

— Nous ne sommes pas deux, mais trois.

Je cours chercher notre fils, plongé dans un sommeil de bienheureux. Augustinus rassemble nos affaires. Lorsque Monnica me voit sur le seuil, serrant contre moi Adeodatus endormi, je sens qu'elle souhaiterait rattraper, discuter, nuancer peut-être…

Nous sortons, Tigris veut nous suivre, Augustinus la repousse, gémissante, vers la porte de la maison. Notre fils se réveille brusquement, se met à hurler en apercevant la chienne. Nous partons très vite et trouvons refuge chez Romanianus, toujours providentiel. L'évergète de Thagaste ne peut décemment laisser à la rue son nouveau, et si brillant, grammairien.

Un hiver aigre cernait Thagaste. Le cirque de montagnes se resserrait autour de moi, étau plus sombre de jour en jour. Perdue, la tiède lueur automnale dont je m'étais nourrie. Heureusement Romanianus et sa femme Paulina nous avaient accueillis avec chaleur. Leur vaste demeure, luxueuse, me rappelait la villa romaine de Carthage où je faisais le ménage. Adeodatus était fasciné par les mosaïques et leurs scènes de chasse : l'occasion de lui apprendre des mots nouveaux. Cette précoce gourmandise langagière chez lui – ah oui, il était bien le fils de son père ! Et je ne savais ce qui le ravissait le plus, ces bêtes inconnues ou les termes les désignant, gazelles, cerfs, panthères. Il était également attiré, bien qu'un peu effrayé, par les très beaux chevaux numides de l'écurie. Réels ou figurés, tous ces animaux le consolaient d'avoir perdu Tigris.

Je fus touchée par la gentillesse subtile avec laquelle Paulina s'efforça de me mettre à l'aise – un tel écart entre nous, elle fille de patricien, moi d'un débardeur au port de Carthage ! Très vite, nous prîmes le bain ensemble puisque – luxe suprême à mes yeux – des thermes et une petite piscine étaient intégrés à la maison. Dans la tendresse émolliente de la vapeur, Paulina devint peu à peu ma grande sœur et la mère précocement perdue. J'aimais son beau visage au modelé ferme et doux, il me faisait penser à celui de Junon – une vieille statue sur le forum de Thagaste, dont malheureusement le nez était ébréché. Nous échangeâmes de plus en plus librement, y compris à propos de Monnica. Paulina avait deviné que la rupture entre Augustinus et sa mère me préoccupait. Cette séparation avait fait du bruit dans Thagaste, les commentaires allaient bon train, paraît-il, au marché ou aux bains. Et, j'imagine, on imputait à la concubine venue de la grande ville dissolue la responsabilité de ce drame familial. Je sentais combien Augustinus en était affecté, même s'il n'en parlait jamais. Il était facilement irrité, dormait mal, criait dans son sommeil – oui, c'est à cette époque qu'ont commencé ses insomnies, plus exactement les réveils en pleine nuit : Monnica l'avait chassé de sa demeure, du ventre jadis hospitalier. Et, parfois, il faisait l'amour avec moins d'allégresse, ou moins de tendresse – non, ce symptôme-là, je ne l'ai pas avoué à Paulina… Celle-ci était persuadée que Monnica reviendrait sur sa décision : une femme remarquable, il faut bien le reconnaître, très supérieure à son mari par l'intelligence. Elle a supporté autrefois avec beaucoup de dignité les colères et les frasques de Patricius, elle savait l'amadouer patiemment. Et conseiller les épouses bafouées ou battues. Sans doute sa foi catholique l'a-t-elle beaucoup soutenue. Ainsi que sa passion pour Augustinus. Tu sais, ce doit être difficile de devoir partager cet amour avec une femme aussi belle que toi. Oui, je pouvais comprendre, j'avais d'ailleurs veillé à ne pas la heurter, mais pourquoi ne laissait-elle pas à ce fils sa liberté de choix en matière de religion ? Parce que son amour maternel, m'a répondu Paulina, est inséparable de sa volonté de le sauver. Épouse de Dieu, Monnica désire que son fils soit le fruit de cette union.

C'était beaucoup plus grave qu'un désaccord autour de principes alimentaires. Le conflit entre viande noirâtre et potiron doré masquait un tout autre enjeu. De plus, ai-je confié à Paulina, notre concubinage et l'existence d'Adeodatus risquent de faire obstacle à ce dont Monnica rêve pour son fils : un mariage qui lui ouvre les portes d'une belle carrière dans l'administration impériale. Paulina en est convenue. Et moi, véhémente, au bord des larmes, mais enfin, comment cette femme parvient-elle à concilier sa foi en son Dieu avec cette ambition bassement terrestre, matérielle ? Paulina a suggéré : un désir de revanche à travers ce fils si brillant ? Tu as pu le constater, la vie à Thagaste est médiocre, confinée, surtout lorsqu'on est femme… Et que ce soit à Thagaste, à Carthage, à Rome ou ailleurs, les hommes tendent à nous échapper. Regarde mon fils ! À six ans, Licentius ne veut plus venir aux bains avec les femmes, il n'a qu'un désir : monter à cheval et, plus tard, chasser. Et même ton Adeodatus, si tendre, si charmant, réussit à se soustraire à ta vigilance pour trottiner vers l'écurie, hier tu l'as rattrapé au dernier moment.

Eh oui… Je m'interrogeais : pourquoi Augustinus n'évoquait-il jamais son père ? Avant la rupture, j'avais discuté, de temps à autre, avec Navigius, le silencieux. Il parlait volontiers de Patricius : un brave homme, un bon père. Pour les dix ans de Navigius, il lui avait fabriqué un arc et des flèches. Monnica n'avait pas été d'accord – dangereux ce cadeau… Plus tard Patricius lui avait appris à gérer leur modeste domaine, à répartir les tâches, à organiser les vendanges ou à porter les olives au pressoir. Ce père avait su transmettre avant de disparaître. Et il était si fier des succès scolaires de son cadet, tellement heureux que ce fils, grâce à ses études, se soit approprié la tradition littéraire et oratoire païenne : père aimait entendre Augustinus réciter les *Géorgiques* de Virgile, il trouvait que ce poète parlait admirablement des travaux agricoles. Comme si cet héritage-là, ai-je songé, constituait un antidote à l'emprise catholique de Monnica ?

En plus de sa charge de grammairien, Augustinus donnait des leçons de lecture et d'écriture au fils de Paulina et Romanianus. Ces cours privés usaient sa patience – Licentius n'était guère attentif – mais c'était, bien sûr, une façon de remercier nos hôtes. De mon côté, j'essayais de seconder au mieux Paulina pour l'organisation domestique. Le soir, Augustinus m'avouait sa lassitude : apprendre à lire et à écrire me rappelle trop vivement mes souffrances d'écolier au même âge. Je ne supportais pas les coups de férule sur les doigts, je pleurais, me plaignais ensuite à ma mère, et elle, si tendre avec moi bien qu'exigeante, semblait trouver normale cette punition. Dans mes prières, je demandais à Dieu de ne plus être battu à l'école. Quelle épreuve, l'enfance… Tout comme moi jadis, Licentius – bien évidemment je m'interdis de le frapper lorsqu'il n'écoute pas – n'a qu'une envie, s'amuser avec ses camarades. Le plus souvent mes amis et moi, nous tirions à la fronde sur des oiseaux ou tentions d'attraper des lézards, leur queue me restait parfois entre les mains, ce qui m'horrifiait. Licentius, lui, pratique l'équitation en compagnie d'amis fortunés. Mais, dans les deux cas, c'est comme si en jouant avec des animaux nous tentions, enfants, d'échapper à cette étude des textes qu'on nous imposait. Ta passion à présent, lui ai-je fait remarquer. Oui, mais ma passion essentielle, c'est toi. Il m'enlaçait. Pour un temps, l'hiver et Monnica s'estompaient.

Ce matin, j'ai livré des brûle-parfums à deux courtisanes qui exercent dans un bouge à côté du port. Ça puait la sueur, les onguents, la vinasse. Elles ont marchandé âprement, prétextant une légère défectuosité. J'ai fini par céder tant ce lieu m'écœurait. Au retour, j'ai croisé un petit groupe d'Élus manichéens, hommes et femmes. Noueux et desséchés tels de vieux ceps de vigne : ils consomment très peu – jamais de viande bien entendu, au mieux quelques fruits et légumes. Hâves, hagards, ils étaient affalés à côté d'une fontaine. Certains buvaient dans le creux de leur main, avidement. Je sais qu'ils font peur, voire horreur, aux païens, aux juifs et aux catholiques. Ces Élus errent sans feu ni lieu, missionnaires tentant de prêcher, de plus en plus vainement, le message de Mani prophète du Christ. Des hérétiques et de dangereux vagabonds, affirment les catholiques, et les nantis. Des fanatiques illuminés, porteurs de convictions délirantes comme les contrées à l'est de la Méditerranée en ont toujours sécrété, commentent les païens cultivés en haussant les épaules. Selon la croyance manichéenne, ces Élus, en pratiquant restrictions alimentaires et abstinence sexuelle, sont censés capter et distiller à travers leurs corps le plus

83

de lumière possible. Ainsi contribuent-ils à contre-carrer quelque peu la toute-puissance du mal et à sauver, espère-t-on, les malheureux comme nous, englués dans la noirceur de ce monde. Certains de ces Élus cheminent durant des mois, dormant à la belle étoile. Ils arrivent parfois d'Égypte, ou du grand Sud, traversent Carthage pour aller je ne sais où. Et sont de plus en plus pourchassés. J'admire le courage et la liberté de ces femmes, en dépit de leur aspect repoussant. Ces femmes ni épouses ni mères – ce qui bien entendu fait scandale. Peut-être, à mon retour de Milan, aurais-je dû me fondre dans un de ces groupuscules, partir, marcher, soûle de jeûne et de fatigue, oui marcher sans fin, jusqu'à l'hébétude, trouver l'oubli dans l'errance ?

J'ai acheté des pastèques à un marchand ambu-lant, les ai fait couper en tranches que je leur ai dis-tribuées. Ils se sont jetés dessus, goulûment, sans un mot. Leurs odeurs, urine et crasse, me donnaient la nausée. Fascinée cependant, je les regardais recracher les pépins noirâtres – les pépites du mal ? – tout en se gorgeant de cette chair rosée, traversée de clarté.

Les manichéens ordinaires, comme moi, comme le fut Augustinus, nous sommes censés nourrir ces Élus, en respectant les prescriptions alimentaires. Ainsi participons-nous, modestement, à cette dis-tillation et libération de la lumière prisonnière de la matière. Tu as chéri ces préceptes autrefois, tu en fus le zélé propagandiste. Selon les manichéens, la consommation de viande induit l'acte sexuel, et ses engendrements irréfléchis, et donc la perpétuation de l'espèce, et du mal – l'inverse du "croissez et mul-tipliez" des juifs. Toi et moi nous avions supprimé presque totalement la nourriture carnée, mais je n'ai pas remarqué que ce régime ait provoqué le moindre renoncement à l'érotisme… Nous n'avons pas fait partie des Élus, ne le désirions pas.

Et toi, à présent, es-tu élu par ton Dieu, imprégné par cette mystérieuse grâce ? Et qui te nourrit ? Une femme ? Non. Les femmes, j'imagine, ne pénètrent pas dans l'enceinte du bâtiment épiscopal.

Deux ou trois fois par semaine, Romanianus réunissait des amis autour d'un repas. Végétarien, puisque lui et ses amis étaient manichéens. Paulina était restée catholique mais estimait ce régime sans viande excellent pour sa santé. Elle avait su former un cuisinier venu de Sicile qui nous préparait des mets subtils, savoureux. Il réussissait admirablement les artichauts farcis de fromage et d'herbes aromatiques, ainsi que les alliances de céréales et de lentilles. Un vin rosé constituait la seule entorse au régime. La salle où nous mangions donnait sur la cour intérieure, je savourais la musique continue du petit jet d'eau. Très souvent étaient invités des amis d'Augustinus, Lucius et Alypius. Tous deux issus de familles aisées, et catholiques, de Thagaste. Tous deux fascinés par Augustinus. Lequel, avec son habituelle conviction passionnée, avait œuvré pour les convertir au manichéisme.

Ce soir-là, les laissant déguster des gâteaux aux dattes et au miel, j'étais allée jeter un coup d'œil sur le sommeil de notre fils – il avait été légèrement fiévreux dans la journée. Adeodatus dormait calmement, je me suis imprégnée de cette douceur limpide avant de revenir parmi les hôtes. La discussion allait bon train, comme souvent elle portait sur les diverses croyances et religions. Plus précisément, sur le bien et le mal. Je fus très surprise d'entendre Paulina interroger Augustinus, non sans vivacité, à propos des positions manichéennes. Mais enfin, si le mal est inhérent à ce monde, s'il est une sorte de substance irréductible, nous ne détenons aucune liberté de choix. Je veux dire : la liberté de vouloir soit le bien, soit le mal. Celui-ci se perpétue en dehors de nous, comme malgré nous. En somme nous ne pourrions pas agir, nous serions agis… Je fus stupéfiée – une femme osait remettre en question les assertions d'un homme ? De mon homme, qui plus est. Il fallait être très riche, et d'origine patricienne, et de surcroît la maîtresse de maison de ce lieu somptueux, pour se permettre pareille objection.

Non, je n'ai aucun souvenir de la réponse d'Augustinus. Je revois seulement Alypius et Lucius intervenant avec vivacité pour soutenir leur ami. Paulina arborait son air de Junon, à la fois indulgente et légèrement hautaine. Le jeune Lucius détenait un charme étrange, presque androgyne. Oui, une grâce adolescente, qui tout à la fois émouvait et séduisait. Il buvait avec passion les paroles d'Augustinus. À un moment, souriant, ce dernier a posé sa main sur son épaule. Un beau couple, ai-je pensé, tendre et fraternel. Étrangement, je n'en étais pas jalouse.

J'ai capté un signe de Romanianus, adressé à son épouse, l'incitant à ne plus intervenir. Il a fait remplir les coupes de vin, Augustinus a refusé. Les échanges ont dévié vers d'autres thèmes, plus légers. C'était une assez douce soirée de mars – douce pour le climat de Thagaste du moins. Le vent du sud, a remarqué Alypius, un vent presque tiède : c'est le moment de se rendre à Madaure, les violettes doivent commencer à fleurir.

Alypius est à présent évêque de Thagaste.

À la fin mars, au marché, j'ai croisé Monnica. C'est elle qui est venue vers moi et j'ai apprécié sa façon très franche de m'aborder : sans doute avait-elle été un peu excessive le jour où elle nous avait exclus de sa maison, mais c'était une telle souffrance pour elle que son fils ne soit pas catholique… Elle avait compris qu'il resterait manichéen. Pour le moment, a-t-elle ajouté. Je n'ai pas relevé. Elle s'engageait à ne plus aborder ce sujet avec nous et souhaitait que nous revenions chez elle – pour les repas, elle me laisserait entière liberté.

J'ai transmis. Tu vois, la demeure maternelle t'est ouverte, ventre hospitalier… J'ai senti mon homme soulagé. Monnica a retrouvé son fils bien-aimé. Et Tigris mon fils, avec force bondissements, éclats de rire, jappements et caresses. Au moins ces deux-là étaient-ils heureux. Et Augustinus ? Je ne sais. Il retournait régulièrement chez Romanianus pour donner ses cours particuliers à Licentius, et surtout pour retrouver leur petit groupe de discussion. Paulina me manquait. Elle m'avait invitée à revenir prendre les bains avec elle, mais je ne voulais pas froisser Monnica.

Celle-ci se rendait deux fois par jour à l'église et, quotidiennement, portait sur la tombe de Patricius du pain ou une bouillie de céréales. Elle en disposait également sur les sépultures voisines. Il m'arrivait de l'accompagner – il convient de nourrir les morts, affirmait-elle, c'est un acte de piété. J'en ai parlé avec Augustinus : une coutume héritée du paganisme, on peut déplorer cette survivance chez les catholiques mais je ne vais pas, une fois de plus, contrarier ma mère. Sa bouillie d'orge et de millet me paraît bien innocente comparée aux agapes païennes durant lesquelles on dévore sur place des viandes grillées et surtout on boit joyeusement – grandes soûleries ou même orgies des vivants en compagnie de leurs défunts. Je ne lui ai pas dit que Monnica offrait aussi du vin coupé d'eau, dont elle buvait une gorgée avant de le répandre. Augustinus m'avait raconté que, vers douze ou treize ans, elle s'était mise à avaler quelques lampées chaque fois que ses parents l'envoyaient à la cave tirer du vin au tonneau. Une servante l'avait surprise et lui avait fait honte, la jeune Monnica avait cessé. L'anecdote m'avait bien amusée : ainsi la sainte mère n'avait pas toujours été parfaite…

Et comme les païens également, Monnica croyait à la force de prédiction des rêves. Devant moi, elle raconta à son fils le songe qui l'avait incitée à nous proposer de réintégrer sa demeure. En larmes, elle se tenait en équilibre sur une petite poutre. Un beau jeune homme, lumineux, lui demandait pourquoi elle pleurait : j'ai perdu mon fils, qui lui-même s'est perdu dans les voies pernicieuses de l'hérésie. Et le jeune homme radieux l'avait rassurée – là où tu te tiens, ton fils se tient, ne te désole donc pas ! Aux yeux de Monnica, c'était limpide, tôt ou tard, Augustinus retrouverait la foi catholique. Il tenta de retourner cette interprétation. Le rêve pouvait signifier que la mère rejoindrait le fils là où celui-ci se trouvait. J'ai admiré chez Monnica la vivacité de la répartie : non non, là où est la mère, là est le fils ! Telle était la phrase du beau jeune homme, je n'en démordrai pas !

C'était clair, il n'y avait pas de place pour moi sur cette mince poutre. Ou si j'avais l'audace d'y mettre les pieds, je dégringolerais dans je ne sais quel vide. J'éprouvais le besoin de respirer. Durant l'hiver, Augustinus avait parlé de me faire découvrir Madaure, la cité où, entre douze et quinze ans, il avait étudié les lettres et les rudiments de la rhétorique. Je lui ai rappelé ce projet et un matin d'avril, de très bonne heure, nous sommes partis pour Madaure. Navigius avait loué pour nous deux chevaux, paisibles mais soutenant un train régulier. Partis dans la nuit par une route sinueuse, nous avons vu, en fin de matinée, le soleil patiner le calcaire doré de la cité, sans l'écraser. Une ville couleur de dattes et de miel, entourée par l'eau dansante des oliviers. J'exultais : enfin je retrouvais la lumière ! Bien sûr, il m'était arrivé de savourer à Thagaste des jours de clarté, mais jamais avec cette prodigalité. Cette générosité païenne, ai-je pensé. Et ce parfum ? Les violettes, s'est exclamé Augustinus, les célèbres violettes de Madaure ! Il a mis pied à terre, moi aussi, il en a cueilli quelques-unes, me les a fait respirer. Nous nous sommes embrassés en mâchouillant deux ou trois fleurs, riant comme deux gosses. Enfin je me détendais. Et lui aussi… Loin de Thagaste, loin de Monnica. Un vent tiède arrivait du sud. Du désert, m'a expliqué Augustinus : en été il est brûlant, chargé de sable, certains jours on suffoque.

Madaure la lettrée, connue pour le très haut niveau de ses grammairiens et de ses rhéteurs, Madaure qui conservait pieusement les traditions de la culture antique. Nous avons laissé nos bêtes à l'écurie de l'auberge. Augustinus m'a montré les temples, beaucoup mieux entretenus qu'à Thagaste. Et sur le vaste forum, vaste pour cette petite cité, les statues des dieux. Junon n'avait pas le nez ébréché, Minerve était impressionnante par la taille et par son égide. Quant à Mars, il avait droit à deux sculptures, une où il était nu, virilement musclé et membré, l'autre où il se présentait armé – tel un guerrier d'Homère, a souligné Augustinus. Et regarde cette Vénus : ses seins sont presque aussi parfaits que les tiens… Chut, on va t'entendre ! Le forum grouillait de monde. Sous un portique, nous avons écouté un orateur. Murmurant à mon oreille, Augustinus s'amusait à critiquer la construction de son discours. Je l'ai entraîné plus loin : on le sait que tu as appris ici les rudiments de la rhétorique ! Montre-moi donc où avaient lieu les cours.

Une salle obscure, dans une rue voisine. Et voici la maison du grammairien chez lequel je logeais. Mon père venait une fois par mois, il payait la pension et le coût de l'enseignement, m'apportait des provisions préparées par ma mère. Je les partageais avec mes camarades de chambrée. Nous étions mal nourris, la discipline était rude, mais j'étais tellement comblé par la découverte des grands auteurs, par la scansion de la poésie notamment. Autant j'avais été à Thagaste un écolier rétif, autant ici, je me suis épanoui, j'ai senti, savouré la beauté de la langue. Sauf pour le grec : en m'obligeant à l'apprendre et à le réciter par cœur sans le comprendre lorsque j'avais sept ou huit ans, on m'en avait dégoûté. Dommage, peut-être. Mais je n'aime pas les sonorités grecques alors que la musique du latin m'enchante. Musique de la langue maternelle, ai-je songé.

Midi. La chaleur montait, nous imprégnait. À Thagaste, la semaine précédente, il faisait encore froid. Ici, les prémices de l'été ! Presque, a reconnu mon homme, souriant de mon émerveillement. Nous étions assis sur un banc en lisière du forum, je caressais la pierre tiède, nous mangions des galettes frottées d'ail et d'huile. Je retrouvais l'Augustinus de Carthage, son parler souple et volubile. Il évoquait les grandes processions païennes de Madaure, fastueuses, tumultueuses, la foule en délire, la musique et les danses, le vin à profusion – dans ces occasions leur professeur les laissait libres de vagabonder dans la ville en fête. Un cortège bachique l'avait particulièrement frappé : sur un chariot était dressé un énorme phallus, le convoi avait d'abord traversé la campagne, en gage de fertilité, puis avait fait une entrée triomphale dans la ville. Sur le forum, une digne matrone avait décoré le phallus d'une couronne fleurie. J'avais treize ou quatorze ans, tu imagines mon émoi…

Et je songeais : tous ces spectacles, et ces sculptures, et surtout les textes l'avaient imprégné en profondeur, plus que le catholicisme austère de Monnica. Du moins voulais-je m'en persuader. Oui, je l'ai cru ce jour-là, jour de liesse et de lumière. Au-dessus de nous le bleu se durcissait, un bleu de faïence. Dans un angle de la place, Augustinus m'a montré une statue, plus petite que celles du panthéon romain : le grand homme local, Apulée. Un grand homme politique ? Non, un écrivain connu, il est né ici il y a un peu plus de deux siècles. Comme moi il a fait ses études supérieures à Carthage. Sa prose est élégante, très souple. Apulée aimait beaucoup la langue grecque, il a d'ailleurs séjourné à Athènes. Puis il est devenu un rhéteur de renom, à Carthage.

— Et qu'est-ce qu'il a écrit, ton grand homme ?

— Des traités, et des romans. Non dépourvus d'érotisme : par exemple, un âne fait l'amour avec une femme. Mais l'âne est un homme métamorphosé.

J'ai éclaté de rire :

— Voilà qui méritait bien une statue !

Nous avons flâné le long des remparts. J'ai suggéré : et si nous partions vivre en Grèce, peut-être te réconcilierais-tu avec la langue ? Non non, j'ai envie d'être rhéteur à Carthage, comme Apulée. Le problème sera d'obtenir un poste. Pour le moment, Romanianus ne voudra pas me lâcher, il est trop content d'avoir enfin à Thagaste un grammairien qui égale ceux de Madaure… J'ai souri. Nous avons dormi à l'auberge. Et baisé comme des dieux, a déclaré Augustinus au réveil. Chut chut, les dieux vont t'entendre, les dieux sont jaloux, ils se vengeront !

Sur la route du retour, il m'a raconté. Lorsque son cycle secondaire avait été achevé, son père était venu le chercher. Le maître avait insisté auprès de Patricius : il faut absolument envoyer votre fils poursuivre ses études à Carthage, je n'ai jamais vu un élève aussi doué pour la rhétorique. Et sur cette même route, Patricius avait expliqué à son fils que, pour le moment, il ne disposait pas de la somme nécessaire, il fallait lui laisser le temps de trouver une solution.

— Et alors ?

— Alors j'ai passé une année dans ma ville natale, traînassant bêtement comme peut le faire un gamin de quinze ans, désœuvré. Et taraudé par la sexualité… Tu imagines la bande de copains, dos collés au mur, sifflant les filles, chacun se vantant d'exploits virils, réels ou inventés. Ma mère m'avait mis en garde, très fermement : jamais de fornication avec une femme mariée ! Et si possible, pas de fornication du tout.

— Et tu lui as obéi ?

— Sur le premier point, oui…

J'ai ri, lui aussi. Et revoilà Monnica, et les premières maisons de Thagaste, et l'ombre de la montagne descendant sur cette bourgade renfrognée. Les chevaux peinent, fatigués par cette longue montée. Heureusement, à notre arrivée, le sourire de notre fils. Et en moi, jalousement préservés, les violettes, les dieux et la lumière de Madaure.

Nous voici en l'an 399. J'aurai bientôt quarante-cinq ans. Toi aussi, en novembre.

Le temple de Vénus vient d'être fermé. Un édit impérial ordonne l'arrêt de tous les cultes païens et la destruction des sanctuaires. Ma sœur et Marcellus sont consternés. Mon beau-frère s'était joint aux nombreux opposants rassemblés devant le temple pour protester. Ils ont été violemment repoussés par la police, certains ont été blessés. Marcellus a pu s'échapper à temps. Heureusement, nous a-t-il confié, les statues qui étaient à l'intérieur avaient été ôtées la semaine dernière et dissimulées dans un lieu secret. Il ajoute, goguenard :

— Si les sbires impériaux et les évêques s'imaginent qu'en détruisant le temple de Vénus ils empêcheront les Carthaginois de faire l'amour tout leur soûl…

Faonia est indignée :

— Personne ne m'empêchera d'honorer les dieux lares à l'intérieur de ma maison !

— Fais attention, rétorque Marcellus, la police secrète est partout ! Elle peut se renseigner auprès des voisins. Ou des voisins peuvent lui appartenir sans que nous le sachions…

L'Empire... Un monstre tentaculaire. Flou, tant il est immense, vaste nébuleuse. De plus en plus envahi par les Barbares sur ses frontières du Nord et de l'Est. Efficace, cependant, dans ses moindres rouages.

Et dire qu'Augustinus a failli devenir fonctionnaire impérial...

Le 13 novembre 374, à Thagaste, nous avons fêté les vingt ans d'Augustinus. Monnica m'a laissée m'occuper du repas. Puis l'hiver, morne, pluvieux. Augustinus préparait soigneusement ses cours. Il rejoignait très souvent Romanianus, Alypius et Lucius pour discuter, échanger sur des textes. Mais aussi plaisanter et se détendre après sa journée d'enseignement. Ces réunions amicales, je le sentais, lui étaient essentielles. Il m'arrivait de rendre visite à Paulina, la belle, la lettrée, mais je ne retrouvais pas avec elle l'intimité de l'année précédente.

Le printemps, à nouveau. Je songeais aux violettes de Madaure, à la lumière sur le golfe de Carthage, à la rumeur familière de la mer. Un soir où Augustinus soupait chez Romanianus, j'ai entendu Adeodatus, couché depuis une bonne heure, rire bruyamment. J'ai cru qu'il s'était réveillé et, lampe à la main, suis allée voir : il riait dans son sommeil. Tigris m'avait suivie, inquiète, Monnica également. Je les ai rassurées. Lorsque nous sommes retournées dans la salle commune, Monnica me confia qu'Augustinus, au même âge, éclatait de rire en dormant, exactement de la même façon. Un rêve, sans doute – tant mieux si les songes de son fils et de son petit-fils pétillaient de gaieté. Elle a évoqué l'enfant si précoce, et si sensible, questionnant sans cesse dès qu'il avait commencé à parler, insatiable, fatigant parfois (j'aurais pu répondre "je sais, je sais !", je m'en suis bien gardée, je tenais à être courtoise mais non complice). En dépit de cet esprit si vif, son fils n'aimait pas l'école, s'agitait en classe et se faisait souvent punir. Pourtant, lorsqu'elle l'emmenait à l'église, puisqu'il était catéchumène, il se tenait tranquille, les chants détenaient sur lui un effet apaisant. Catéchumène ? ai-je demandé. Cela signifiait qu'il n'était pas baptisé, donc pas encore intégré à l'assemblée des fidèles. À la naissance, elle avait déposé du sel sur sa langue et tracé le signe de croix sur son front. La coutume voulait que le baptême advienne plus tard. Le plus souvent, a-t-elle précisé, on laisse passer l'adolescence et ses troubles – j'ai souri intérieurement de ce terme –, en espérant que, devenu adulte, le jeune homme choisira la voie de la purification par le baptême, puis accédera au mariage. Elle m'a regardée, calmement : et j'espère encore, et je prie chaque jour pour que Dieu guide mon fils sur cette voie. Je n'ai pas répondu, j'appréciais sa franchise – une déclaration de guerre pacifique.

Augustinus est entré brusquement, décomposé. Leur petit groupe ne s'était pas réuni comme à l'accoutumée. En arrivant chez Romanianus, il avait appris que, depuis la veille, Lucius était en proie à une fièvre violente. Il avait couru chez lui, n'avait pu le voir. Lucius avait perdu connaissance et ses parents, très inquiets, l'avaient fait baptiser dans l'après-midi. Ils ont eu raison, a commenté Monnica, j'aurais agi de même. Son fils a rétorqué, violemment : quel sens peut avoir un baptême qui n'est pas désiré par le principal intéressé ? J'ai compris qu'il était à bout : une rage nourrie de douleur. C'est lui qui avait converti Lucius au manichéisme – ce dont Monnica avait été furieuse. Il s'estimait trahi. J'ai craint un nouveau conflit entre mère et fils. Non, elle a eu la sagesse de ne pas poursuivre la discussion. Il a quitté la pièce brusquement : je suis épuisé, je vais me coucher.

Je m'apprêtais à faire de même, Monnica m'a retenue, elle voulait me parler d'un épisode ancien. Vers trois ou quatre ans, son fils était tombé gravement malade. Des douleurs de ventre mais surtout un étouffement spectaculaire, il suffoquait, de sa gorge sortait un sifflement rauque. Ce jour-là, elle avait failli le faire baptiser. Par bonheur, il avait rapidement retrouvé une respiration normale. Les voies de Dieu sont mystérieuses, a-t-elle ajouté en me regardant calmement, avec son aide j'engendrerai mon fils à nouveau : il reviendra dans son sein, dans le mien, dans celui de l'Église.

Qui n'en faisaient qu'un, je suppose ? Cette toute-puissance me terrifiait. Pauvre Patricius, mort il n'y avait pas si longtemps, enterré et déjà dépouillé de sa paternité… Après avoir souhaité un rapide bonsoir à Monnica, j'ai rejoint Augustinus dans notre chambre. Il pleurait.

Plusieurs semaines – ou plusieurs mois ? – sans jamais rêver de toi. T'aurais-je enfin détruit, anéanti ? Je ne sais s'il faut m'en réjouir ou le déplorer. Enfin tu guéris de cette vieille histoire ! dirait Faonia. Je ne crois pas. Je m'étiole, me dessèche lentement, gangrenée par une mort intérieure. Non, rien à voir avec une guérison.

Marcellus s'est gravement brûlé la main droite en ouvrant le four. C'est moi qui ai dû le vider, trier les pièces défectueuses, effectuer les finitions. Heureusement, au cours de ces dernières années, mon beau-frère m'a peu à peu initiée. À présent, il veut que j'apprenne le maniement du tour : on ne sait jamais, dit-il, il peut m'arriver d'être bloqué, je sens venir les rhumatismes.

Aujourd'hui, ma première leçon. Rien que les jambes. Pour les mains on verra plus tard. Il faut lancer le plateau inférieur, proche du sol, par une poussée des pieds – ce qui déclenche le plateau supérieur. Amorcer n'est pas difficile, le problème est de maintenir ensuite une vitesse constante. Ça vient, en douceur, ça m'amuse. Je me sens devenir une petite fille jouant avec une sorte de grosse toupie, j'aime cette musique régulière, j'ajuste à l'oreille, et la mémoire continue à tourner, déroulant ses méandres.

Ce jour de juin, à Thagaste, Monnica est arrivée des thermes en annonçant : Lucius est sorti hier de son sommeil profond, il est encore faible m'a dit sa mère, mais parfaitement lucide, il peut recevoir des visites. Augustinus a bondi. Ne reste pas trop longtemps à son chevet, lui a-t-elle enjoint tandis qu'il franchissait le seuil, tu risques de le fatiguer.

Il est revenu une heure après, ravagé, silencieux. Ni Monnica ni moi n'avons osé le questionner. Le lendemain, j'ai réussi à l'entraîner pour une promenade en dehors du bourg. Adeodatus trottinait déjà gentiment, son père le hissait de temps à autre sur ses épaules. Nous sommes montés jusqu'à une vigne appartenant à la famille et nous nous sommes assis sous un vieux poirier. Fatigué, Adeodatus somnolait contre moi. Augustinus s'est décidé à me raconter : Lucius était très pâle, amaigri, mais parfaitement lucide. Tous deux étaient heureux de se retrouver. Augustinus avait cru bon d'évoquer cette histoire de baptême, nul et non avenu à ses yeux puisque Lucius était inconscient. Le jeune homme avait alors réagi très vivement : la vérité divine avait irradié en lui et l'avait éclairé. Il se sentait profondément catholique et rendait grâce à Dieu qui l'avait halé hors du coma, et surtout hors du sombre puits de l'hérésie manichéenne. Non, il ne voulait plus entendre parler de cette fable grossière, mensongère. Et si Augustinus s'obstinait à revenir sur ce sujet, c'en serait fini de leur amitié…

Augustinus était au bord des larmes. Le Dieu maternel, le tout-puissant, s'était emparé de son ami très cher. Une trahison intolérable. Il a éclaté en sanglots, Adeodatus s'est réveillé en sursaut. Pas pleurer, papa, pas pleurer… Face au désarroi du fils, le père s'est ressaisi. Il l'a pris dans ses bras, lui a montré les branches au-dessus de nous et les minuscules fruits qui commençaient à se former : tu vois, dans deux ou trois mois, ces petites boules seront devenues des poires. On pourra les manger ? Non, mon garçon, ce sont des poires aigres, on les donne aux cochons. Pauvres cochons, a commenté Adeodatus. J'ai éclaté de rire. Son père a souri, tout de même, a paru se détendre un peu… Puis il m'a raconté : lors de cette année oisive, cette année perdue de ses quinze ans, en compagnie de quatre ou cinq copains – l'habituelle petite bande –, ils avaient en catimini dépouillé ce poirier de ses fruits, le secouant violemment. Par jeu, par défi, bêtement, puisqu'ils ne pouvaient même pas les déguster. Ils en avaient rempli un grand sac et s'en étaient débarrassés en les déversant dans une porcherie. À la fois excités et un peu honteux. À quinze ans, tu te rends compte, quelle stupidité ! Ou plutôt, quelle malignité ! Si encore on avait eu du plaisir à les manger. Mais non, le vol pour le plaisir du vol. Les cochons, c'était nous… Le mal court, a-t-il murmuré, à nouveau sombre et fragile, le mal nous imprègne, les manichéens ont raison et Lucius, revenu des ténèbres où il était plongé, s'égare. Allons, ai-je rétorqué, ne parle pas de ténèbres par une journée aussi radieuse, et devant ton fils, contemple plutôt la lumière de son regard. Ton histoire de poires ? Une gaminerie, il n'y a rien de plus à en dire… Il a secoué la tête, je le sentais à nouveau au bord des larmes.

Nous sommes descendus le long de la vigne. Adeodatus a cueilli des boutons-d'or. Nous avons croisé Navigius, venu examiner l'état des ceps. Tandis que les deux frères discutaient, je regardais ce poirier, là-haut, l'air malingre, souffreteux. Tout de même pas parce que, cinq ou six ans auparavant, des garnements désœuvrés l'avaient dépouillé de ses fruits ?

Lorsque nous sommes entrés dans la maison, j'ai deviné, en voyant le visage de Monnica, qu'un drame était advenu :

— Lucius… Un nouvel accès de fièvre, d'une rare violence : Dieu a rappelé auprès de lui ton ami. Après la purification salvatrice du baptême, heureusement !

Durant les semaines qui ont suivi ce décès, j'ai appris à faire l'amour avec un homme en état de détresse. Me martelant comme s'il cognait à une porte close, désespérément. S'effondrant en larmes sur ma poitrine après avoir joui. S'endormant un bref instant dans la même position, puis se débattant, ligoté dans les rets d'un cauchemar. Hurlant soudain, s'éveillant trempé de sueur, hagard, Orphée remontant de je ne sais quels enfers sans être parvenu à en extirper l'être aimé.

Lucius – ou la lumière disparue. La splendeur de l'été écrasait Thagaste. Les cours avaient cessé. Augustinus suffoquait, tournait en rond. Il ne supportait plus ce lieu. C'est seulement en s'occupant de son fils, en lui apprenant des mots nouveaux, en s'émerveillant de sa précoce volubilité qu'il semblait revivre un peu.

Il a décidé de retourner à Carthage : de toute façon, il n'avait aucun avenir dans sa ville natale et il estimait avoir payé sa dette envers Romanianus. Qui s'est montré compréhensif, et généreux. Grâce à son réseau de relations, il a obtenu pour son brillant protégé une chaire de rhétorique, à Carthage. Un poste officiel, rétribué par la ville. Et, m'expliqua Augustinus, je veux élargir mes connaissances, en philosophie, en astronomie et en astrologie – sur ces sujets la doctrine manichéenne ne me satisfait pas totalement, il me faut consulter les riches bibliothèques de Carthage, entrer en contact avec des savants. Je répondais : oui oui, bien sûr... Tout en me demandant : la conversion ultime de Lucius aurait-elle creusé la fissure d'un doute ?

Avons-nous fui la mort ? la mère ? Les deux, probablement. Et j'avais tellement envie que notre fils puisse enfin se baigner dans la Méditerranée !

Sur la route du retour, lors de notre dernière étape, j'ai soudain aperçu cette flaque scintillante qu'Augustinus m'avait désignée à l'aller, deux ans auparavant. Lentement la flaque est devenue lac. Peu à peu les rives du golfe se sont dessinées, doucement familières, le vent nous a apporté l'odeur du large, saline, et j'ai failli crier : *thalassa ! thalassa !* Le premier mot grec que mon père m'avait appris. Les deux seins étaient à leur place, toujours nourriciers à mes yeux.

Ma sœur et mon beau-frère nous ont hébergés, provisoirement. Dès le lendemain, tandis qu'Augustinus se préparait pour une visite officielle aux membres de la curie municipale, j'ai emmené Adeodatus sur le rivage, juste en dessous des thermes d'Antonin. Et je l'ai baptisé dans une eau tiède et tendre. Nous avons joué à nous éclabousser. Mon fils riait de bonheur. Moi aussi. Un baptême sous les auspices des divinités marines, cette immersion dans la fougue souple des vagues ? Un baptême païen, ai-je décidé. Je me souvenais de mon père invoquant Neptune. Pour une fois – une seule – moi, la manichéenne, j'ai supplié ce dieu de protéger mon fils.

Ce songe revenant, obsédant tel le ressac : nous essayons de faire l'amour dans la mer, nous n'y parvenons pas, des vagues obstinées nous bousculent, nous séparent.

Chaque soir, Marcellus me donne un cours. À présent, je réussis à maintenir une rotation régulière avec les pieds. J'aime le moment où je sens la terre monter entre mes paumes, douce, vivante. Continue, continue, répète-t-il, et maintenant écrase tout ! Je râle. Mais si, grogne-t-il, c'est pour éliminer les bulles d'air, si ta pâte n'est pas parfaitement homogène, tu n'arriveras à rien ! Je reprends, j'aplatis, plusieurs fois, un peu agacée, j'ai tellement envie de voir émerger une poterie, d'essayer du moins, mais mon beau-frère est inflexible :

— Recommence, tu n'as pas bien centré la motte.

— Arrête et reprends tout, tu n'as pas maintenu une pression égale avec tes mains, c'est plus évasé à gauche qu'à droite.

— C'est raté : tu n'as pas conservé une vitesse constante avec les pieds.

Aujourd'hui, enfin, il m'apprend à creuser au centre de la motte avec les deux pouces tandis que mes paumes et mes autres doigts maintiennent la paroi extérieure de ce qui devient, lentement, une sorte de bol. Un peu bancal, mais tout de même j'ai fait naître une forme ! Je n'en reviens pas. Mon beau-frère a grognonné : c'est un début, on arrête là pour aujourd'hui. À la tonalité de son grommellement, j'ai deviné qu'il était satisfait, ou presque. Et je vais me coucher, épuisée mais détendue.

Un rêve aquatique m'éveille avant l'aube. Toute surprise de m'avouer : tiens, mais je suis heureuse… Ou du moins contente de moi. Ce qui n'était pas arrivé depuis… Euh, depuis Rome ? J'essaie de me souvenir : à Rome, n'étais-je pas déjà inquiète ?

Enfin je te trompe ! Avec un peu d'argile humide.

À notre retour de Thagaste, nous avons trouvé une maison à louer, non loin du port où mon père travaillait autrefois. De la petite terrasse, j'apercevais le golfe et, de l'autre côté, les deux mamelons, mes amulettes protectrices. En contrebas de la terrasse, j'ai aussitôt planté un grenadier et un rosier. Augustinus avait une longue marche à faire pour rejoindre sa salle de cours près du forum, mais il aimait partir tôt. Respirer les odeurs déposées par la nuit, absorber les couleurs de l'aube et les premiers pépiements, réviser son cours dans sa tête au rythme de ses pas le stimulaient : les bonnes et belles idées me viennent souvent en déambulant, affirmait-il.

Très rapidement, sa réputation s'est affirmée, les étudiants ont afflué. Parmi eux Alypius, qui avait également quitté Thagaste. Et un nouveau, Nebridius. Il s'est très vite inséré dans le petit groupe amical qui se réunissait chez nous une fois par semaine. J'étais impressionnée par sa prestance, son élégance : il était le fils d'un grand propriétaire dont le domaine planté de blé, de vignes et d'oliviers, était proche de Carthage. Lui aussi fut séduit par Augustinus. Lors de ces rencontres je me tenais discrètement dans mon coin, mais j'aimais recueillir des bribes, essayer de comprendre – moins les idées échangées que le jeu à la fois intellectuel et affectif entre ces six ou sept hommes. J'admirais la subtile vivacité de Nebridius. Il était le seul à s'opposer à toi fermement, à t'interroger avec pugnacité, retournant les arguments, te poussant dans tes retranchements. Il m'arrivait d'avoir peur pour toi : parviendrait-il à te coincer ? Non non, tu réussissais à trouver une parade. Nebridius, reconnaissais-tu, était un redoutable dialecticien : il a eu la chance d'avoir un pédagogue grec, il connaît bien cette langue et il a lu les dialogues de Platon. Il sait vous acculer dans une impasse, à la manière de Socrate.

Je revois une de ces réunions hebdomadaires. Un mois de juin, ciel transparent, pleine lune, il n'est pas nécessaire d'allumer les lampes. Après avoir servi des fruits et de l'hydromel, je me suis retirée dans un angle, près de la terrasse. Adeodatus – il doit avoir quatre ou cinq ans – joue sous la table avec de vieux tessons de poterie donnés par Marcellus. Il les assemble suivant diverses configurations et annonce de temps à autre, triomphalement : maison ! bateau ! montagne ! La discussion porte sur la création du monde. Nebridius doute qu'on puisse faire foi au récit de la Genèse. S'ensuit un long débat qui ne m'intéresse guère, mon regard s'évade vers la respiration marine et, au-delà, vers les lignes familières des crêtes, je rêvasse. J'entends Augustinus demander :

— Mais enfin, que faisait Dieu avant la création du monde ?

Une petite voix pointue sort de sous la table :

— Ben, il se reposait, il prenait des forces. Tu te rends compte, papa, tout ce travail qui l'attendait !

Éclat de rire général, félicitations. L'évidence : Dieu se reposait. Avant, et non après. Mon fils avait inventé un Dieu humain, au lieu de ce Yahvé de terreur et de ténèbres. Dans un élan de tendresse, Augustinus extirpe son fils de sous la table, l'embrasse :

— Toi, mon garçon, tu feras un grand philosophe !

— C'est quoi ?

— Un homme qui aime et recherche la sagesse.

— Alors pourquoi, des fois, tu me grondes en disant que je ne suis pas sage ?

Eh oui, notre fils détenait un mélange d'aplomb et de gentillesse qui nous désarmait. Parfois sa précocité m'impressionne, me confiait Augustinus, il faudrait pouvoir lui donner un pédagogue grec, comme font les riches familles romaines. Ainsi plus tard, il aurait aisément accès aux textes de Platon, de Plotin et d'autres. Ce qui me manque tellement…

Bien entendu, nous n'avions pas les moyens de rétribuer un précepteur. Adeodatus a suivi le cursus classique, chez le maître d'école puis chez le grammairien. Son père complétait par des lectures à haute voix et des commentaires. J'écoutais, dans mon coin, ravaudant une tunique, un manteau. Je captais, j'apprenais quelque peu, j'engrangeais.

Toi la silencieuse, l'apaisante, disais-tu. Mais tu chérissais par-dessus tout la vivacité bruissante des échanges avec tes amis, ce questionnement qui te maintenait en haleine. Depuis la mort de Lucius, Alypius était ton disciple le plus cher. Sur l'injonction de son père, il avait entamé des études de droit. Il préférait cependant tes cours de rhétorique : de toute façon, les deux lui seraient utiles pour une carrière d'avocat ou de grand commis de l'État. Il éprouvait pour toi une fascination éblouie, quasiment une adoration. Jeune adolescent, il avait adhéré avec enthousiasme au manichéisme, dans ton sillage bien sûr, mais également m'avais-tu confié, à la suite du dégoût, de l'horreur même, inspirés par sa première – et dernière, affirmait-il – expérience sexuelle : il avait eu l'impression d'avoir été englué, englouti même, à la fois fasciné et révulsé, et n'avait éprouvé aucune volupté. Confidence qui avait stupéfié Augustinus. En tout cas, l'injonction manichéenne de pureté et de renoncement à engendrer convenait parfaitement à Alypius.

Le si doux, si charmant Alypius – même s'il ne pouvait remplacer Lucius, le disparu très aimé. De tous tes amis, Alypius était le seul à me manifester de l'attention, une tendresse presque, dénuée de toute équivoque. Adeodatus et lui s'adoraient. Oui, le doux, sensible Alypius. Aussi fûmes-nous abasourdis, Augustinus et moi, le jour où il débarqua chez nous après avoir assisté à de sanglants combats de gladiateurs : il était dans un bizarre état de surexcitation, de jubilation et d'épuisement, comme s'il avait lui-même lutté contre un animal sauvage ou contre un homme réduit par la nécessité à l'état de bête féroce, acculé soit à périr soit à tuer. Très vite, ces spectacles devinrent pour lui une drogue indispensable, il fit même partie d'une des factions qui soutenaient avec un furieux enthousiasme tel ou tel gladiateur de renom. Les courses de chars au cirque l'enfiévraient tout autant.

Étrange, ce hiatus entre deux amis si intimement unis… Augustinus ne pouvait comprendre la passion d'Alypius pour ces joutes cruelles. Et ce dernier était abasourdi par la dépendance de son aîné à la sexualité. Certaines nuits, après une étreinte tumultueuse, il m'est arrivé de m'interroger : l'assaut amoureux entre l'homme et la femme serait-il proche de l'étreinte mortelle entre la bête et l'homme, les spasmes de la jouissance et de la mise à mort se ressembleraient-ils ? Peut-être Alypius tentait-il d'éprouver cette exaltation, cette commotion qu'il n'avait pu trouver avec une femme ?

Non, je n'ai pas osé en parler avec Augustinus. Parfois, dans l'amour, je le sentais pris d'une fièvre rageuse. Tissée d'angoisse ? Il répétait qu'il ne saurait vivre sans la présence de mon corps et de son odeur, sans la douceur de mes caresses, de mon sexe… À quel moment aurait-il commencé à m'en vouloir de ne pouvoir s'en passer ? À Rome ? À Milan ? Ou déjà vers la fin de nos années carthaginoises ? Parfois le plaisir le rendait sombre. Est-ce afin d'échapper à cette tristesse qu'il m'étreignait à nouveau, éperdu ? Comme si le désir lui importait plus que le plaisir ?

Cette semaine, j'ai consacré tous mes après-midi à Silvanus : la sœur de Victoria est malade, celle-ci se rend quotidiennement à son chevet. J'ai cédé aux instances de Victoria et j'ai accepté une petite rétribution que je donne à ma sœur et à mon beau-frère en compensation de mes absences. Afin d'éviter toute récrimination, je me lève très tôt pour pétrir l'argile, m'exercer au tour, puis assurer les livraisons. De la sorte, je me sens moins coupable de passer plus de temps auprès de Silvanus et de prendre plaisir à respirer les parfums de l'encre, du vélin, cette senteur vivace du passé. Je n'ai plus une minute à moi et le soir je suis épuisée, parfait : je n'ai plus ni le loisir ni l'énergie de souffrir.

Aujourd'hui, Silvanus me raconte son parcours. À seize ans, entamant des études de rhétorique, il avait suivi, entre autres, les cours d'Augustinus : de tous mes professeurs, c'était le plus remarquable. En analysant un passage de Terence, de Salluste ou de Cicéron, il nous faisait percevoir non pas seulement la construction mais les variations de rythme, la scansion profonde du texte et, parfois, le sens caché. Lorsque nous devions composer puis réciter un discours sur un thème imposé, il nous incitait à enraciner la parole dans le souffle, à relier significations et sonorités. Les autres enseignants vendaient des recettes, lui jamais !

Il t'arrivait de rentrer à la maison oppressé, voix éraillée, et je repensais à cette crise d'étouffement, lorsque tu étais tout petit. Je m'inquiétais, je te préparais des tisanes de thym et de miel, avec un bâton de cannelle pour délayer le miel. Heureusement, l'amour te restituait cette respiration tellement essentielle…

Silvanus me regarde, se demandant peut-être vers quelles contrées j'ai dérivé. Je suis heureuse de l'entendre évoquer son ancien professeur mais je fais très attention à n'en rien montrer : surtout ne laisser personne deviner mon histoire ! Ma sœur et son mari m'ont juré qu'ils garderaient le secret, je sais pouvoir leur faire confiance. Je relance Silvanus :

— Et pourquoi n'es-tu pas devenu rhéteur ?

— Mon père ne pouvait pas me payer de longues études. Tout en travaillant à la bibliothèque de l'épiscopat, où je classais les ouvrages, j'ai appris la notation par signes abrégés. L'évêque Aurelius a remarqué ma rapidité, il m'a embauché comme sténographe et secrétaire. C'est lors d'un voyage avec lui, en revenant d'un concile à Cirta par une route très escarpée, que j'ai fait cette chute dans un ravin. L'évêque a été consterné que je sois demeuré paralysé, depuis il veille à me fournir de la copie en abondance.

Silvanus a besoin d'uriner, j'appelle Rustica à l'aide. Puis elle nous sert des dattes et du lait de chèvre. Silvanus reprend :

— L'évêque m'a fait porter un texte rédigé par son collègue d'Hippo Regius, afin que j'en exécute une copie.

— Un sermon ?

— Non, un texte très personnel, euh… stupéfiant ! Intitulé les *Confessions*. Pour le moment, il n'a écrit que les premiers chapitres. Je les ai parcourus : Augustinus avoue les fautes de sa vie passée, durant l'enfance et la jeunesse. En même temps, il célèbre Dieu, proclamant sa toute-puissance et son amour sans limites. Le seul amour véritable, affirme-t-il.

Je tremble intérieurement, j'essaie de me ressaisir en avalant un peu de lait.

— Et… c'est écrit de sa main ?

— Non. L'évêque est tellement surchargé de tâches qu'il dicte, le soir le plus souvent, voire la nuit : un sténographe note sur ses tablettes. Ensuite, des secrétaires reportent le texte sur des feuilles de papyrus. Augustinus relit, modifie éventuellement. Par l'intermédiaire d'Aurelius, j'ai reçu une de ces copies corrigées. L'évêque de Carthage m'a demandé d'en exécuter la transcription sur un beau parchemin qu'il m'a fourni, plus solide que le papyrus. Ensuite, il fera transformer en codex. D'autres copistes me relaieront, on aura ainsi plusieurs exemplaires qui seront conservés à la bibliothèque épiscopale de Carthage mais aussi diffusés vers Rome, vers Alexandrie et d'autres villes importantes. Toutes ces opérations sont longues et coûtent très cher. L'évêque de Carthage me presse d'effectuer au plus vite cette copie car, selon lui, cet écrit est susceptible de servir à l'édification des chrétiens comme de ceux qui hésitent encore à le devenir. Je le crois également : en racontant par quelles errances il est passé, l'évêque d'Hippo Regius pourrait inciter les hérétiques, les tièdes, les indécis à frapper à la porte de notre Église. Et surtout, l'intensité, le frémissement de ces *Confessions*, tu ne peux imaginer ! J'en suis tellement confondu que je n'arrive pas à avancer dans mon travail, je reviens en arrière, je reprends certains passages à haute voix, pour le plaisir, l'émotion. Parfois, j'ai l'impression de lire de la poésie. Et je retrouve mon maître d'autrefois…

Je ne peux m'empêcher de me pencher sur le papyrus posé sur le bureau. Ce n'est pas *son* écriture, mais je repère un fragment de phrase corrigé de *sa* main – oui oui, je reconnais les boucles nerveuses, mon cœur se met à galoper –, *il* a biffé, avec rage, puis récrit juste au-dessus. Je déchiffre, lentement, à voix basse. Silvanus m'aide, m'encourage – eh bien, tu vois, tu n'as pas oublié les lointaines leçons de l'école (bien entendu je ne lui ai pas dit que j'avais refait mes classes en compagnie de mon fils et de son père). Après avoir un peu ânonné, je parviens à prononcer : "Personne n'est sans faute devant toi, pas même l'enfant dont la vie n'a qu'un jour sur terre." Augustinus s'adresse à son Dieu. Il avait d'abord écrit : "pas même le jeune enfant". Mon tremblement reprend, je suis terrifiée. Ainsi, il a encore accentué, durci : même un nouveau-né est coupable…

Le lait bu à petites gorgées ne me calme pas. Par chance, Victoria arrive, volubile : non, malheureusement sa sœur ne se remet pas, il lui faut retourner chez elle dès demain, est-ce que je pourrais revenir tenir compagnie à Silvanus ? J'accepte, elle m'embrasse, je lui trouve une odeur bizarre, je sors rapidement, tourne le coin de la rue, m'assois sur un muret : tu racontes quoi au juste dans ces *Confessions*, quelles fautes, quelles errances ? Toi et moi ? Le manichéisme ? Tes amitiés passionnées ? Ta mère ? Notre fils ? Ton avidité de succès, d'argent, tes ambitions jamais satisfaites ? Mais qu'est-ce qui t'a pris, pourquoi ce texte ? Et la petite phrase bourdonne, me taraude : "pas même l'enfant dont la vie n'a qu'un jour sur terre". Te souviens-tu de cet être minuscule qui t'émouvait tant, notre Adeodatus tout juste sorti de mon ventre, violacé, braillant, encore souillé de mes humeurs ? Et donc, selon toi, souillé également par le péché, corrompu dès l'origine… Le mal est là, d'emblée, nulle innocence. Terrifiant, tu es terrifiant !

J'ai tremblé, pleuré longuement. Je ne sais comment, j'ai réussi à m'arracher à ce muret, à me remettre en route. La marche m'a un peu calmée. Et même éclairci les idées : mais enfin, le mal est là, épais, écrasant, n'est-ce pas ce qu'ont toujours affirmé les manichéens ?

Faonia m'a réveillée au milieu de la nuit, très inquiète : Marcellus n'était pas rentré. Nous le savons toutes deux, il rejoint plusieurs fois par semaine un petit groupe clandestin. Ils sont une dizaine à se retrouver pour ôter des temples les objets du culte et les statues puis les cacher je ne sais où. Peut-être dans les dépendances et les caves de certaines grandes villas romaines ? Ma sœur et moi nous avons compris qu'un vaste réseau, soutenu par des pontifes et des patriciens demeurés païens, s'était organisé avant que tous les sanctuaires ne soient fermés, et sans doute rasés : au moins préserver les œuvres qu'ils contiennent !

Ma sœur sanglotait, hoquetante : des soldats, ou la police secrète, les auront surpris, massacrés... Je ne parvenais pas à la calmer. Mon beau-frère est arrivé un peu avant l'aube, blême, du sang sur son manteau. Oui, la police les avait traqués, attaqués. Un membre de leur groupe avait été très violemment assommé, peut-être était-il mort. Marcellus avait pu s'enfuir mais un coup de gourdin lui avait esquinté l'épaule. Faonia lui a posé un emplâtre de fortune – dans la matinée elle ira chercher un onguent chez le sorcier. Après avoir avalé plusieurs rasades de vin

– histoire de calmer la douleur –, Marcellus s'est endormi, sonné.

Depuis, ma sœur n'arrête pas de se lamenter : on ne pourra pas honorer les commandes en cours, nous allons perdre des clients ! Et pourvu que Marcellus n'ait pas été repéré, pourvu qu'on ne nous oblige pas à fermer l'atelier ! Nous vivons dans la crainte d'une perquisition, et nous avons dissimulé les dieux lares derrière la réserve d'argile.

En ce mois de mars 399, je n'ai même pas la ressource de pouvoir contempler un fruit nourri de lumière afin de me réconforter. Ne reste qu'un potiron datant de septembre dernier, conservé à la cave. Je l'en ai extirpé et j'ai fendu sa peau couturée de cicatrices. L'intérieur était aux trois quarts pourri. Une bouillie brunâtre, une odeur nauséabonde. Je l'ai jeté.

Je repense aux statues des dieux sur le forum de Madaure, dans la lumière de ce jour d'avril... euh, oui, c'était en 374 : vingt-cinq ans. Seraient-elles déjà détruites, elles aussi ?

Un siècle s'achève, un monde s'effondre, disait hier Silvanus. Toi, tu écris tes *Confessions*.

J'émerge avant l'aube, épuisée, après avoir été brassée par les eaux d'une nuit tumultueuse. Tu étais présent dans ce torrent de rêves mais je ne sais plus sous quelle forme. Seule certitude survivante : un bref instant nous nous sommes agrippés l'un à l'autre, tu m'as pénétrée, j'ai crié et ce cri m'a réveillée. Ça bruit et se bouscule encore en moi, remous opaques, tressautements confus, et je ne peux ni te rejoindre ni m'insérer dans le cours des occupations quotidiennes. J'erre dans cet entre-deux. Elissa – Didon, l'errante.

Mes doigts tremblent. Je ne parviens pas à maîtriser le tour, le mouvement des jambes et la pression des mains refusent de se coordonner. Marcellus a préféré m'envoyer livrer, loin dans Megara, vers le nord : marche et respire un bon coup, ça te fera du bien !

Effectivement. La lumière éponge les eaux nocturnes, le tremblement se résorbe et je retrouve plaisir à rythmer mes pas. Au retour, j'aperçois dans l'embrasure d'une porte une robe safranée : tiens, on dirait la robe de Victoria, son dernier achat, elle me l'a montrée la semaine dernière, elle en était si fière ! Cette femme embrasse un homme, ce ne peut être

Victoria… La même taille, pourtant. Je me dissimule sous un porche. La femme essaie de se détacher, l'homme la retient, ils s'étreignent encore, longuement. Puis elle s'arrache, descend la rue en direction de la mer. Mais si, c'est bien Victoria, je reconnais sa démarche sensuelle et chaloupée, sa façon de rassembler sa chevelure en torsades sur la nuque. Ainsi la sœur malade est un amant… Mon tremblement reprend en sourdine. Nous autres, femmes de Carthage, ne pouvons nous passer de faire l'amour. En rêve ou dans la réalité.

J'ai passé tout l'après-midi d'hier avec Silvanus, heureux de m'annoncer : demain, 10 avril 399, c'est Pâques. Par le secrétariat épiscopal, j'ai appris que l'évêque Aurelius organisait une procession à travers Carthage. Comme je regrette d'être impotent ! J'aurais tellement voulu me joindre à cette manifestation par laquelle Aurelius célébrera la fin des idoles et des temples païens. L'évêque d'Hippo Regius fera de même en sa ville, puis il viendra prêcher ici. J'ai eu envie de rétorquer : les catholiques organisent un triomphe à la manière des généraux victorieux, non je n'aime pas cet impérialisme ! Je me suis tue, j'avais mal pour Silvanus, l'invalide, l'époux bafoué, et je songeais : en ce moment Victoria caresse son amant.

C'est Pâques, donc. Pour une bonne partie de la cité. Ce matin, je suis restée auprès de ma sœur, à nouveau rongée par l'inquiétude. Marcellus, dont l'épaule semble à peu près rétablie, est parti très tôt rejoindre son petit groupe devant le temple de Junon Cælestis, fermé depuis plus d'un mois. Le mot d'ordre, nous a-t-il dit, a été transmis à la communauté païenne, encore vivace bien que persécutée : se rassembler en masse autour de ce temple, une ultime protestation.

Faonia et moi avons attendu jusqu'à la mi-journée. J'essayais d'évacuer mon anxiété en m'exerçant sur le tour, je n'ai même pas réussi à monter un bol, je ne parvenais pas à humidifier correctement. Mon beau-frère est enfin revenu, épuisé, furieux : l'armée avait cerné l'édifice durant la nuit, la foule était contenue derrière cet important cordon. Vers midi, nous avons entendu des hymnes et nous avons vu arriver, étincelante dans le soleil, une croix immense portée par des prêtres. Derrière, l'évêque Aurelius, suivi d'une foule énorme, psalmodiant. Entre une double haie de soldats, l'évêque et les fidèles sont entrés dans le temple. Comme chez eux ! Nous étions stupéfiés : leur dieu crucifié, tel un esclave, pénétrant dans le sanctuaire de Junon Cælestis ! Il ne fut pas difficile ensuite de nous disperser.

Marcellus s'empare de la cruche à vin, boit à grandes goulées. Il éclate : cette alliance du pouvoir impérial et du pouvoir religieux ! Nous autres païens, nous avons toujours accueilli les divinités venues d'ailleurs, nous avons laissé nos dieux faire alliance avec ceux des peuples vaincus. Hospitaliers, nous leur avons tressé des couronnes, offert des libations. Mais ces chiens de catholiques, leur intolérance, leur dieu jaloux, quels fumiers ! Encore une rasade, quelques éructations, et il s'écroule sur son lit.

Faonia pleure la disparition des cultes. Mes larmes se mêlent aux siennes. Elle renifle, surprise : toi, la manichéenne ? Ça ne m'empêche pas d'avoir mal pour toi, pour Marcellus, et de songer à notre père qui fréquentait le temple de Junon Cælestis. Et celui de Neptune, rappelle ma sœur. Épuisée, elle rejoint Marcellus, il ronfle. Ma sœur sanglote encore un peu, petite fille éplorée, s'endort brusquement.

J'essaie de me remettre au tour, ruminant ma rage, j'accélère d'un mouvement du pied trop vif, mon bol s'effondre, je l'aplatis, l'écrase rageusement, crachant dessus, mais oui, Marcellus a raison ! Ordures, salauds ! Et toi, depuis Hippo Regius, tu arrives à la rescousse, tu viens soutenir ton collègue Aurelius avec tes beaux discours ! Auras-tu l'indécence de prêcher dans le temple de Junon Cælestis transformé en basilique chrétienne ? Depuis deux ou trois siècles, on n'arrête pas d'édifier des églises dans Carthage, ça ne vous suffit pas ? Vous ne pouvez pas supporter les croyances des autres ? Salaud, rends-moi mon fils ! Pourquoi en as-tu fait un catholique, pourquoi es-tu retourné vivre à Thagaste avec lui ? Rappelle-toi, nous nous rendions tous les trois à la fête de Junon Cælestis, une des plus belles, des plus délirantes fêtes de Carthage. Et m'avais-tu expliqué, ici, en Afrique, le culte de Junon se croise avec celui de Cybèle, la déesse mère venue d'Asie. Bien que manichéens, nous ne voulions pas priver notre fils de ces réjouissances dont ses camarades d'école, tout excités, lui parlaient des jours durant. Rappelle-toi, ses yeux brillaient, il applaudissait les défilés de chars, les danses et les pantomimes en pleine rue, comme toi il aimait le son des flûtes et des cymbales, il tapait dans ses mains, trépignait sur place, chantait. Notre fils éclatant de beauté, de bonheur… Mais qu'as-tu fait de lui, espèce de salaud, d'assassin, s'il avait pu rester au bord de la mer il ne serait pas tombé malade, rappelle-toi, il aimait tant nager, s'ébrouer dans les vagues, courir ensuite sur le sable ou se rouler dedans tel un chiot pour se sécher, et je léchais le sel sur le dodu de son épaule, pourquoi l'as-tu emmené dans tes montagnes froides et tristes, lui l'enfant de lumière ?

C'est à l'automne 390 que j'ai appris la disparition de mon fils. Par Alypius. Depuis Thagaste, il était venu à Carthage afin de rendre visite à l'évêque. Il s'était douté que, à mon retour de Milan, je n'avais eu d'autre ressource que d'échouer chez ma sœur et mon beau-frère. Se souvenant que ce dernier était potier, il avait entrepris patiemment le tour des ateliers et n'avait pas eu trop de difficulté à trouver celui de Marcellus.

Dès qu'il est entré, j'ai deviné : Adeodatus ? Augustinus ? Mon fils était mort. Je me suis figée. Faonia pleurait à ma place, se lamentait, posait des questions : si jeune, mais de quoi, et où ? À Thagaste. Alypius est revenu en arrière. Après avoir enterré Monnica à Ostie, à l'automne 387, Augustinus, son fils, son frère et son petit groupe de fidèles avaient séjourné durant l'hiver à Rome, en attendant la reprise de la navigation, ce moment où la mer recommence à sourire comme disait Augustinus. Au printemps ils avaient pu embarquer, étaient passés par Carthage, brièvement, puis s'étaient installés à Thagaste, dans la maison familiale (maternelle, ai-je pensé). Navigius gérait le domaine, ce qui leur permettait de subsister. Ceux qui, tel Alypius, détenaient une fortune personnelle contribuaient avec largesse. Augustinus avait définitivement renoncé à toute carrière, il désirait seulement prier, assister aux offices, se consacrer à l'étude des textes, réfléchir, écrire, discuter avec les amis présents ou correspondre avec d'autres lettrés sur des questions philosophiques et religieuses. Notamment avec Nebridius qui résidait avec sa mère dans leur propriété près de Carthage.

Oui, expliquait Alypius, nous formions une minuscule communauté dont je faisais partie avec joie. Nous n'étions pas des moines mais des amis partageant le même idéal, en quête de vérité, espérant que Dieu nous éclairerait. Adeodatus était parfaitement à sa place parmi nous, il questionnait et argumentait de façon remarquable. Non, ce n'était pas la peine de l'envoyer suivre des cours de rhétorique à Carthage ! De toute façon, pas de meilleur professeur que son père. Nous vivions frugalement, mais sans ascétisme. Chacun donnait un coup de main pour le potager, une matrone du bourg nous préparait à manger. Je crois pouvoir dire que nous étions heureux (eh oui, enfin entre hommes, délestés des femmes…). Et puis – la voix d'Alypius trembla légèrement – un hiver particulièrement rigoureux, de la neige durant plusieurs jours, ce qui est rare à Thagaste. Adeodatus n'avait pas résisté à une inflammation de poitrine (mais il n'avait jamais été fragile de ce côté-là ! ai-je failli crier). Une fièvre très violente l'avait emporté. Dans sa dix-septième année… Nous l'avons enterré près de son grand-père.

J'essayais d'imaginer ce cimetière où j'avais si souvent accompagné Monnica. La neige, un ciel morne, six ou sept hommes transis, figés autour de cette tombe béante. Augustinus regarde son fils que l'on dépose à côté de son père. Tous deux baptisés, l'un à la dernière extrémité, l'autre à l'adolescence. Peut-être verse-t-il quelques larmes, mais il est consolé : son fils rejoint sa mère dans le sein de Dieu.

Faonia sanglotait, Alypius s'efforçait de la réconforter avec cette gentillesse tendre que je lui avais toujours connue. Mon silence et ma rigidité le mettaient, je crois, très mal à l'aise. Il a ajouté : quelques mois plus tard, Augustinus a rédigé un court traité, intitulé *Le Maître*, sous la forme d'un dialogue entre son fils et lui. Un très beau texte sur le langage et la communication, sur le rapport des mots et des choses, un dialogue dans lequel le fils tient magnifiquement sa partie, avec acuité, subtilité. Au passage, tous deux discutent même du sens d'un terme punique – eh oui, lors de nos vacances à Thagaste, mon fils avait appris un peu de punique avec ses camarades de jeux.

Soudain j'ai éclaté, hurlé : tais-toi mais tais-toi donc, je ne veux plus rien entendre ! Alypius a tenté de venir vers moi, j'ai fui dans ma chambre, et me suis effondrée, sanglotant. Et criant intérieurement ma rage : ton fils était inhumé depuis peu et toi tu composais un joli petit traité, destiné à être vivement apprécié par des lettrés, j'imagine ! Salaud, salaud ! Et pourquoi avoir ramené mon fils à Thagaste, ce lieu de la mort, de la mère ? Salaud, assassin…

Alypius est revenu deux jours plus tard, prudent mais résolu. J'ai accepté de l'écouter – j'avais toujours beaucoup aimé Alypius. Il avait deviné que cette histoire de traité écrit peu après le décès m'avait blessée, comme si j'avais pensé : Augustinus exploite cette mort, il en tire parti et profit. Alypius estimait plutôt que, par ce bref texte, le père tentait de travailler sur sa douleur. Pas de l'atténuer, non, encore moins de la guérir, c'était impossible, mais de lui donner vie différemment. D'ailleurs, nous fûmes très émus lorsqu'il nous lut ce dialogue. Toutes les paroles que je mets dans la bouche de mon fils, ajoutait-il, vous mes amis, vous êtes témoins qu'il aurait pu les prononcer. Et c'était vrai. Nous eûmes le sentiment qu'Adeodatus ressuscitait à travers le langage.

— Eh bien, moi, je n'ai pas cette ressource ! ai-je rétorqué.

Patiemment, Alypius a continué à me parler : en peu de temps, Augustinus avait perdu sa mère, à Ostie, puis son fils. Et auparavant, à Milan, toi aussi il t'avait perdue. J'ai haussé les épaules. Si si, Elissa, je suis certain que cette séparation lui fut très douloureuse. Mais c'est lui qui l'a décidée, cette rupture, il ne m'a pas perdue, il m'a rejetée, répudiée ! ai-je crié, hargneuse. Il n'empêche, a repris Alypius, il en a souffert, beaucoup plus que tu ne crois. En outre, récemment, nous avons appris le décès de Nebridius, ici, près de Carthage. Nebridius, si nécessaire à Augustinus, par ses lettres, par l'acuité de ses questions et de ses critiques. Oui, durant ces quatre années, de Milan à Thagaste en passant par Ostie, Augustinus aura été éprouvé par beaucoup de deuils. Et la perte de Nebridius a sans doute ravivé celle de Lucius…

— Mais il a son Dieu, enfin votre Dieu…

— Ne crois pas que notre Dieu, comme tu dis, nous épargne la souffrance.

Je pleurais en songeant : les beaux adolescents lumineux, Lucius autrefois, mon fils récemment, meurent à Thagaste la renfrognée. Avant de partir, Alypius m'a embrassée, fraternellement.

Je pose une motte de terre sur le plateau. Elle sent le fade, le cadavre. Bête inerte. Et froide. Je la pétris doucement. Peu à peu, elle devrait changer d'odeur, de texture, chauffer, s'animer. Mes doigts sont morts aujourd'hui, rien ne naît.

C'est un bol de petite taille qu'il me fallait monter. Un bol pour un jeune enfant, précisait la commande. Je renonce.

Ton Dieu jaloux, ce Dieu exclusif qui continue à mettre en rage mon beau-frère : à présent tous les temples païens sont fermés. Et maintenant, demande Marcellus, où vont bien pouvoir se réfugier ceux qui bénéficiaient du droit d'asile dans nos temples ?

Et toi, mon persécuteur revenant. Cette nuit, tu me reprochais de m'être baignée sans toi sur notre plage favorite. Tu m'en voulais d'avoir joui seule de la fraîcheur tonique des vagues, de la caresse du sable puis d'un léger, délicieux assoupissement.

J'avoue tous ces crimes… Mais laisse-moi tranquille, laisse-moi !

Tes crises de jalousie surgissaient avec une imprévisible soudaineté : hier, au théâtre, tu as longuement regardé ce jeune homme. Mais toi aussi ! Et c'est toi le premier qui as remarqué sa beauté, tu t'es même amusé à le nommer Adonis !

Ou bien : pourquoi rentres-tu si tard des thermes ? J'ai discuté avec Clara et Flora, elles m'ont montré de jolies amulettes égyptiennes, des têtes de chattes. Quel besoin as-tu de ces bêtises et bavardages de bonnes femmes ? Ton fils et moi, nous étions très inquiets, et s'il t'était arrivé malheur ? Je souriais intérieurement : c'est aux thermes que s'amorcent maintes aventures galantes…

J'essayais d'argumenter. Mais ce rhéteur habile s'arrangeait pour avoir toujours le dernier mot. Restait à caresser, masser, apaiser avec l'huile douce de la tendresse. Il m'arrivait d'échouer.

Je revois une fin d'après-midi, nous revenons de la plage avec Adeodatus, il doit avoir dans les sept ans. Il aimait beaucoup cette longue bande de sable, au-delà du port de commerce, vers l'ouest. Fatigué par les baignades répétées, par les luttes joueuses avec son père – Augustinus lui laissait souvent l'avantage –, il traînait la patte. Nous avons marqué une pause à la lisière d'un terrain vague : là se situait, il y a sept ou huit siècles, le sanctuaire de Tanit, la déesse venue de Phénicie. On distinguait à peine quelques stèles bancales au milieu des broussailles. Personne ne plantait ni ne construisait sur cette parcelle, considérée comme maudite : autrefois, disait la rumeur, des prêtres sacrifiaient de très jeunes enfants à la déesse. Augustinus avait échangé sur ce sujet avec des savants qui s'étaient intéressés à l'ancienne Carthage, la punique, celle qui fut si vaste et si prospère avant d'être attaquée puis rasée par les Romains. Certains de ces savants contestaient cette histoire de sacrifices humains : peut-être s'agissait-il d'enfants mort-nés, voire de fœtus ? Non, affirmaient leurs adversaires, les Puniques égorgeaient des nourrissons puis les brûlaient, en offrande à Tanit la dévoreuse. On racontait même que ces sacrifices se seraient perpétués à l'époque romaine. Le mal, ai-je murmuré, le mal… Si dense, opaque. L'ombre gagnait. Adeodatus s'est mis à pleurnicher, d'épuisement et d'énervement tout à la fois.

J'espère qu'il n'a pas entendu tes paroles, ai-je glissé à son père avant de nous coucher – notre fils s'était endormi aussitôt après la collation du soir. Nous avons fait l'amour puis, je ne sais pourquoi, Augustinus a évoqué le siège de Carthage par la puissante armée romaine : l'horreur, une population exténuée, les enfants mourant par milliers, de faim, de soif. Pas seulement les enfants, bien sûr. Puis dix-sept jours d'incendie ininterrompu. Hommes, femmes, enfants avaient péri, brûlés vifs ou étouffés sous les décombres. Survivants, blessés et cadavres avaient été traînés par des crocs jusqu'à des charniers où ils étaient entassés pêle-mêle : on appelait "nettoyeurs" les soldats chargés de ce beau travail. Plutôt que de se rendre aux Romains, la femme du général en chef avait préféré se jeter avec ses enfants dans les flammes d'un temple. Comme Didon, ai-je pensé.

L'horreur, a répété Augustinus, la féroce loi de la guerre et le triomphe du mal. Longtemps après, les Romains ont décidé d'édifier leur propre cité par-dessus cet amoncellement de ruines, de corps et de cendres qui, peu à peu, s'étaient tassés, amalgamés, quasiment confondus.

— Et donc, toi et moi nous nous aimons au-dessus de ces milliers de cadavres ?

— Oui… Et d'autres, plus tard, feront de même par-dessus les nôtres.

Il a sombré, brusquement. Je ne pouvais pas dormir, j'ai veillé en contemplant mon fils : lumineux, même dans son sommeil. Le mal rôde, ai-je murmuré, le mal court, mais je me battrai pour qu'il ne te rattrape pas.

Femme présomptueuse, dans la trompeuse innocence du bonheur. Carthage devait être détruite. Notre union également.

Aujourd'hui, au cours d'une livraison, j'ai fait un détour afin de ne pas passer devant la maison que nous avons occupée tous les trois durant près de dix ans.

J'aurais pourtant aimé savoir si le rosier était en fleur.

Et nous vieillissons, nous atteignons nos vingt-six ans. Augustinus remporte le premier prix d'un concours de poésie. Puis déclare ce succès dérisoire. Il rédige un court traité qu'il dédie à un célèbre rhéteur de Rome – non, son besoin de reconnaissance ne semble pas mort, espérerait-il être invité dans la Ville Éternelle ? Notre fils réussit brillamment à l'école et réclame la liberté d'aller se baigner à la plage avec ses camarades. J'ai un peu peur mais je cède. Eh oui, il commence à m'échapper bien que toujours câlin avec moi, et je comprends un peu mieux l'attachement de Monnica à son cadet, sa volonté de le "sauver", comme elle dit. Monnica qui parfois débarque chez nous sans crier gare : elle a trouvé une occasion, un marchand de vin livrait ses fûts à Carthage et l'a transportée dans sa charrette, elle arrive moulue, épuisée, mais tellement heureuse de revoir fils et petit-fils, vite j'installe un matelas dans la chambre d'Adeodatus, dès le lendemain elle court à l'église la plus proche. Nous sommes en mars, c'est la fête du Bêma, la grande fête des manichéens, nous célébrons la passion du prophète Mani, incarcéré, torturé, mis à mort au siècle dernier, là-bas dans la région du Tigre et de l'Euphrate. Monnica ne commente pas.

Nous sommes censés jeûner durant cette période. Toujours parfaite, elle prépare à manger pour elle et son petit-fils. Bizarrement, après cette fête, puis après le départ de sa mère, Augustinus me paraît de plus en plus inquiet, voire angoissé, il discute fiévreusement avec ses amis sur les conceptions de Mani concernant le ciel, la lune, les étoiles. Nebridius résiste, de plus en plus sceptique. Augustinus fréquente des astronomes, des astrologues, souvent confondus. Nebridius le perspicace met en garde son ami contre leurs prédictions. Et voici qu'un devin indique avec précision où se trouve une cuiller que nous avions perdue ! Un hasard heureux, affirme Nebridius en haussant les épaules. Je sens Augustinus très troublé : non, dit-il, il n'est pas de hasard, dès la naissance nous sommes soumis à une détermination extérieure. Parfois il essaie de plonger dans l'Ancien Testament puis abandonne en bougonnant : quel jargon barbare, comparé aux périodes si bien balancées de Cicéron… Ce nom de Cicéron – un surnom en fait, "pois chiche" – amuse beaucoup notre fils : oh toi papa, toujours entiché de ton pois chiche ! Augustinus sourit, tu verras lorsque je te ferai apprendre par cœur un traité entier de cet auteur… Chiche ! rétorque notre fils. Et de fait, vers huit ou neuf ans, il se pique d'y parvenir, du moins réussit-il à réciter le début de l'*Hortensius*, un texte de Cicéron très apprécié par son père. Comme lui, Adeodatus possède une mémoire étonnante et le sens du phrasé.

Chaque été nous retournons à Thagaste pour un mois de vacances. Notre fils se baigne dans le torrent – c'est glacial, maman, je préfère la mer ! –, il chérit sa grand-mère et ses gâteaux à la figue. Je rends souvent visite à Paulina, j'apprécie toujours plus les échanges avec elle, j'admire son intelligence, ses connaissances – l'argent et la culture confèrent cette liberté de pensée et de parole que je ne détiendrai jamais. Leur belle demeure possède maintenant un vivier, j'aime contempler ce fragment de mer frémissant au milieu des montagnes. Nous revenons à Carthage, le salaire d'Augustinus est augmenté, il achète quantité de livres, je renouvelle nos vêtements à tous trois, nous vieillissons, vingt-huit ans bientôt, Augustinus explore fiévreusement les bibliothèques de la ville, je ne sais pas ce qu'il cherche, lui non plus peut-être, ou pas très clairement. Lors des discussions entre amis, Nebridius se montre de plus en plus critique à l'égard du manichéisme. Dans un passé lointain, le bien et le mal étaient radicalement séparés, ils se sont malencontreusement mélangés dans les temps présents mais, dans un avenir radieux, ils seront à nouveau dissociés. Cette conception paraît à Nebridius plus que douteuse, voire délirante. Il attaque, tu argumentes, vaillamment, tu réussis à le confondre. Et pourtant j'ai peur, je ne sais trop de quoi.

À quel moment s'amorce une séparation ? Je revois cet arbre, sur un chemin qui menait vers les crêtes, à Thagaste. Un arbre que j'avais contemplé longuement, à plusieurs reprises, et dont j'ignorais le nom. Un tronc de belle taille, très droit. Au tiers de sa hauteur, environ, il se scindait. Deux fûts lisses, quasiment parallèles – comme s'ils ne voulaient pas se quitter. À plusieurs reprises, je suis revenue le voir, je voulais repérer à quel moment, dans la partie commune, s'amorçait la division : oui, on devinait deux renflements à l'intérieur de ce tronc unique. Et dans les racines, est-ce que la scission se préparait déjà, souterraine et fatale ?

Durant toutes ces années carthaginoises, qu'est-ce qui travaillait sourdement en toi ? Et finirait par nous disjoindre sans que je l'aie pressenti. Ou si confusément. Lorsque tu râlais contre les étudiants. Lorsque tu exprimais ton regret de ne pouvoir lire dans le texte d'origine les philosophes grecs. Ou l'Ancien Testament. Lorsque certaines de tes interrogations ne trouvaient pas de réponse auprès des sages manichéens – ou supposés sages ?

La séparation a fini par s'accomplir. Mais les deux troncs ne sont demeurés ni proches ni parallèles. Je fus la branche que l'on coupe, rejette. Comme tu as fait du manichéisme. Il te fallait trancher.

Vers huit ou neuf ans, notre fils a questionné son père sur son métier :

— Mais tes élèves, ils sont grands, ils savent lire et écrire depuis longtemps, tu leur apprends quoi ?

— À composer des discours.

— Des discours sur quoi ?

— L'éloge funèbre d'un grand personnage, par exemple. Ou comment célébrer une victoire. Ou bien défendre un accusé. Je propose un thème, chaque étudiant compose son texte, le lit ou le récite. Je critique, nous discutons. On peut aussi choisir des situations fictives, en donnant la parole à un dieu, ou à des héros d'Homère, de Virgile…

— Alors, c'est pour rire ?

— Tu as tout compris, mon garçon.

À moi, le soir, en aparté :

— Adeodatus a deviné que je vendais du vent.

Je protestais : tu exagères ! Mais j'aurais dû être plus attentive à ce genre de réflexion. C'était plus grave qu'une chronique lassitude d'enseignant. Tu avais soif de reconnaissance mais, souterrainement, un travail de sape avait commencé. Cependant, ta réputation ne cessait de grandir, tes cours étaient de plus en plus fréquentés. Ce qui n'empêchait pas les traditionnels chahuteurs et casseurs de les perturber. Beaucoup d'ailleurs étaient de faux étudiants, mais ni les autorités municipales ni la police ne parvenaient à les contrôler. Ce qui t'exaspérait.

C'est de toi-même, je crois, que tu commençais à être excédé.

Et je me raconte ainsi notre histoire, vingt ans après, mais cette histoire, comment savoir ce qu'elle fut ? Même ton Dieu supposé tout voir, tout savoir…

Je n'ai pu résister au désir de t'entendre prêcher à la basilique Restituta. La même chaleur moite qu'il y a deux ans – deux, ou trois ? Je ne sais plus. Et qu'ai-je fait entre-temps sinon ressasser sur toi, sur notre fils ? Si, tout de même, j'ai appris à monter un bol en terre… Mais oui, ce prêche c'était il y a deux ans, en juin également. La foule des fidèles est toujours aussi dense, j'étouffe. Et je ne t'écoute pas, je te regarde. En deux ans tu as vieilli, tes traits se sont durcis. La fatigue, je sais je sais, Silvanus m'a expliqué : les évêques, à Hippo Regius comme à Carthage ou ailleurs, sont surchargés de tâches. En plus de l'administration de leur diocèse, des offices, des prêches, de la lutte contre les hérésies, ils doivent chaque matin, après la messe, rendre la justice. D'ailleurs, si tu écris la nuit, c'est que tu es accablé de travail. Eh oui, tu as vieilli… Plus anguleux, ton visage. Et soudain, un autre surgit du passé et se plaque tel un masque sur le tien : celui de Monnica, Monnica à la cinquantaine – toi et moi nous arriverons bientôt à ce tournant. Pourquoi n'ai-je pas perçu autrefois cette ressemblance ? L'âge te fait rejoindre ta mère – l'âge, ou ce commun amour pour votre Dieu ? Mais lorsque tu t'animes, j'oublie le masque venu de si loin. Cette passion dans ton regard. L'éloquence de tes mains. Ces mains qui m'ont tant caressée, ces doigts qui m'ont fouillée. Parfois tu pointes l'index – une menace ? Ou serait-ce pour désigner ton Dieu ? Je ne sais pas, je ne veux pas le savoir, je ferme les yeux et me laisse pénétrer par ta voix. Et je sens de lourdes gouttes ruisseler entre mes seins.

Un long silence. Je regarde, intriguée. Tu t'es levé de ton siège, tu t'avances vers les fidèles – mais oui, bien qu'hérétique et mécréante, je suis une de tes fidèles. Et sur un ton différent, très doux, familier :

— J'ai parlé longuement aujourd'hui, je le perçois à l'odeur. L'odeur de la sueur… D'ailleurs, moi aussi je transpire.

Et tu nous souris. Je n'en reviens pas : tu es évêque et tu as conservé cette sensibilité, cette capacité à évoquer, en toute simplicité, ce qui émane des corps… Brièvement, bêtement, j'ai l'impression de ne t'avoir pas complètement perdu. Cette petite phrase, c'est toi, c'est bien toi ! Rien à voir avec Monnica. Ni avec ton Dieu.

Pour cette simplicité, cette sensibilité, il te sera beaucoup pardonné. Par moi, du moins. Pour le reste, débrouille-toi avec ton Dieu – de terreur ? de miséricorde ?

La torpeur d'une sieste, en juillet, après l'amour. Les senteurs rémanentes. La moiteur de l'air, des peaux. Je t'écoute rêver, respirer, ce souffle régulier m'embarque dans ton sillage, je rêve que je nage dans ton rêve. Les pleurs d'Adeodatus m'arrachent à cette fusion éphémère.

À présent, par quoi tes songes sont-ils habités ? Par ce Dieu qui t'aime, que tu aimes ?

Nous aussi, me semble-t-il, nous avons connu la réciprocité.

Lorsque Silvanus me lit certains passages de tes *Confessions*, je devine que tu parles d'un tout autre amour : il comble, affirmes-tu, il ignore doutes, jalousies, éclipses, mesquineries. Je devine mais je ne comprends pas, je demeure l'étrangère. Comment éprouver ce que tu ressens, ce qui t'habite ? Seule la grâce… Silvanus essaie de m'expliquer. En vain. Lui-même d'ailleurs s'avoue troublé, perplexe : pourquoi Dieu n'accorde-t-il pas la même grâce à tous ?

Je n'ai connu d'autre grâce que de t'aimer.

Pauvre idiote, tu ferais mieux de faire tourner ton plateau avec régularité ! Tu n'as pas suffisamment mouillé l'argile, ton vase flageole, tout de guingois. J'accélère. Trop vivement, il s'effondre. La terre se venge si on la brusque, me répète Marcellus, il faut apprendre à la câliner.

Mais je suis évidée, incapable d'aimer.

Nous vieillissons, nous approchons lentement de la trentaine. Ou n'est-ce lent que dans mon stérile ressassement ?

C'est la période que j'appelle à présent : dans l'attente de Faustus... Des manichéens de Carthage vous avaient affirmé, à toi et à tes amis, que ce nommé Faustus, évêque manichéen de Milev, une ville de Numidie, loin là-bas vers l'ouest, séjournerait prochainement à Carthage. Un grand savant, un initié, il pourrait certainement répondre à vos doutes, vos interrogations. Vous étiez en effervescence, préparant vos questions avec fébrilité... Et je te vois revenir, profondément déçu par cette rencontre : un homme aimable et disert, ce Faustus de Milev, beau parleur, une maîtrise certaine de l'éloquence, mais sans connaissances solides. Suffisamment intelligent, cependant, pour admettre son ignorance quant à l'essentiel des problèmes soulevés.

Ai-je deviné ce jour-là que notre union était menacée ? Eh non, bien sûr. Je grondais Adeodatus qui avait cassé une lampe à huile en jouant, ou je taillais notre rosier, ou peut-être faisais-je macérer des figues dans du jus de raisin relevé d'épices. Stupide, quotidienne...

Quelques mois plus tard, par l'intermédiaire d'un réseau manichéen, tu as reçu une proposition inattendue : exercer à Rome. Un nommé Constantius – manichéen convaincu, grande fortune, immense palais – s'offrait à t'accueillir. Grâce à ses multiples relations, affirmait-il, il te fournirait sans peine de nombreux étudiants. Dans cette glorieuse cité, tu pourrais entrer en contact avec des lettrés de haut niveau, étendre ta réputation hors du cercle confiné de l'Afrique romaine. Et ce Constantius ajoutait : ici les étudiants sont très encadrés et surveillés, pas de débordements comme à Carthage.

Tu étais tenté, et même flatté – l'appétit de considération, d'argent, d'honneurs n'était pas mort, loin de là… D'autant plus tenté que ton très cher Alypius vivait depuis peu à Rome, parachevant ses études de droit. Bien sûr, m'as-tu expliqué, Rome n'était plus capitale impériale – la cour s'était déplacée à Milan – mais tout de même, c'était Rome… Tu as d'abord envisagé de partir seul, tu voulais t'assurer que tu pourrais gagner ta vie – notre vie à tous les trois. C'était un risque, estimais-tu, d'abandonner un poste officiel, bien rétribué, pour des cours privés dans une cité inconnue où la concurrence devait être sévère. Si la situation se révélait favorable, tu nous ferais venir, Adeodatus et moi. En attendant, nous pourrions nous installer à Thagaste, Monnica serait tellement heureuse d'accueillir son petit-fils… J'ai immédiatement trouvé une parade : notre Adeodatus, si précoce, commencerait l'année prochaine ses études chez le grammairien, or celui qui t'a remplacé à Thagaste est très médiocre, ce serait tellement dommage pour notre fils de rater cette étape importante de sa formation – d'autant que tu ne seras pas là pour la compléter.

Nous nous sommes regardés, nous n'étions dupes ni l'un ni l'autre. Je fuyais la perspective d'un hiver en tête à tête avec Monnica. Tu as hésité, je t'ai senti fléchir, ta voix s'est légèrement altérée :

— Et comment me passer de toi, de ton corps, ta douceur ? Et de notre fils…

— Eh bien, nous partirons tous les trois ensemble !

Tu as écrit à Alypius. Qui s'est déclaré ravi, et confiant : lui aussi pourrait te procurer des étudiants.

Réveillée en sursaut par ces mots étranges : c'est dans vos cœurs qu'il faut détruire les idoles. Comment ai-je pu sécréter une phrase aussi bizarre ? Non, elle ne peut venir de moi ! Qui m'envoie ce message ? Je réussis à me rendormir, serrant la phrase à l'intérieur de mon poing. Tel le chiffon que je triturais, petite fille, avant de chuter dans le sommeil.

Et dans la matinée, tandis que je travaille au tour, détendue, la phrase rejaillit, éjectée par le tournoiement. Cette fois je la reconnais : mais oui, c'est de toi qu'elle me vient ! Tu l'as prononcée le mois dernier, à la basilique Restituta. Ce jour-là je prétendais ne rien écouter mais elle s'est inscrite à mon insu, l'obstinée, la têtue. Je continue à tourner, mon vase monte, vivant, il m'obéit en souplesse, s'évase, caresse mes paumes. Lors de ce prêche, tu parlais bien sûr des idoles païennes. Je revois Marcellus revenant d'une de ses expéditions nocturnes après avoir enterré dans je ne sais quel réduit clandestin une statue de Junon ou de Bacchus, et toi tu sais qu'il existe au fond de nous des caches secrètes recélant d'obscures divinités, tu le sais pour les avoir flairées, explorées, tu t'es incrusté dans l'une des miennes, espèce de dieu malin et tout-puissant, tu te terres là, tu t'agrippes, certain que je ne parviendrai pas à te déloger, t'anéantir, la terre monte, j'arrive au col du vase, j'appuie en douceur avec les pouces, comme Marcellus m'a appris, et soudain je serre, je serre, de plus en plus fort, j'étrangle rageusement puis j'aplatis, j'écrase tout – mais qu'est-ce que tu fabriques, hurle mon beau-frère, il venait très bien ce vase, tu l'avais presque terminé, en voilà un gâchis, tu es folle ou quoi ?

Eh oui, je suis folle. Et l'idole résiste.

C'était à la fin septembre 383. Je rangeais à l'intérieur de la maison et je commençais à préparer nos bagages – le départ pour l'Italie était prévu deux jours plus tard –, lorsque j'ai entendu Adeodatus s'exclamer dans le jardin : grand-mère ! grand-mère ! Quelle bonne idée ! On prend le bateau pour Ostie, tu viens avec nous ?

Monnica et son art d'arriver à l'improviste ! Certes, ce n'était pas la première fois mais aurait-elle flairé… Augustinus avait préféré ne pas l'informer, il savait qu'elle accourrait aussitôt : je lui écrirai dès notre arrivée à Rome, avait-il bougonné, empêtré de culpabilité.

J'ai interrompu mon tri de vêtements pour l'accueillir. Bien entendu, sa fureur d'avoir été tenue à l'écart s'est abattue sur moi et j'ai compris qu'elle était prête à nous suivre en Italie. J'ai tenté de nous justifier : son fils était invité par un manichéen, elle ne supporterait pas de résider longuement chez un hérétique – j'habite bien chez vous de temps à autre, m'a-t-elle rétorqué. Mais vous ne connaîtrez personne dans cette ville immense, vous serez perdue – ni plus ni moins que vous ! Je ne m'en sortais pas… Augustinus est rentré, je les ai laissés en tête à tête. Qu'il s'en dépêtre, de la très chère mère !

Je ne sais ce qu'il lui a raconté, j'ai préféré ne pas le questionner. Au jour prévu, j'ai embarqué avec Adeodatus : un petit port récemment aménagé, quasiment en dessous de notre falaise, la falaise de notre rencontre. Il fallait descendre par un chemin en lacets très escarpé, un âne portait nos ballots. Je vous rejoins, ne t'inquiète pas, m'avait glissé Augustinus, je reste encore un peu avec ma mère. Eh si, je m'inquiétais, Adeodatus également, lui qui était à la fois heureux et anxieux de traverser la Méditerranée. Son père est arrivé à la dernière minute. Il haletait, décomposé : je l'ai laissée à la chapelle de saint Cyprien. Tandis que nous progressions lentement dans le golfe, j'ai levé les yeux. Monnica était-elle là-haut, près de l'à-pic, nous adressant de grands signes d'adieux ? Rien… J'ai regardé Augustinus, il pleurait. Adeodatus était bouleversé : depuis la mort de Lucius à Thagaste, il n'avait pas vu son père en larmes. Très vite, la houle du large nous a soulevés – cette impression d'être happé par une gueule immense, puissante –, mon fils a ressenti les premiers symptômes du mal de mer. Entre les larmes de l'un, les vomissements de l'autre, je ne savais plus comment parer. Le glorieux départ pour la Rome éternelle se transformait en une fuite honteuse, une déroute quasiment, ponctuée par les éructations spasmodiques d'Adeodatus.

Dès l'arrivée, Augustinus est tombé malade. De violents accès de fièvre, durant plusieurs semaines. Notre hôte évoqua les fameuses fièvres romaines : la ville, il est vrai, n'était pas très saine, l'eau était parfois polluée. Constantius fit venir des médecins réputés qui administrèrent d'inutiles remèdes. Le mal de mère ne se traite pas avec des potions. Et peut-être ne désirais-tu pas guérir ? Brusquement, tu sombrais dans un évanouissement qui me terrifiait et je hurlais, silencieusement : pourquoi veux-tu disparaître, pourquoi t'absentes-tu de toi, de nous, en quel lieu es-tu parti te terrer ? Si Monnica t'avait accompagné jusqu'ici, elle aurait insisté, j'imagine, pour te faire baptiser, comme avaient procédé les parents de Lucius à Thagaste.

Chaque jour, Alypius rendait visite à son ami. Brièvement, car Augustinus somnolait ou restait silencieux. Une hébétude morne. En repartant, sur le seuil, Alypius s'efforçait de me rassurer : il guérira, ne t'inquiète pas, il faut lui laisser le temps de s'adapter à cette ville, à l'exil… Mais – je le comprends seulement maintenant – depuis très longtemps tu étais en exil. Depuis ta naissance ? Et mon corps, même si tu disais l'aimer, ne pouvait te donner le havre espéré. Seul ton Dieu ?

La demeure de Constantius était beaucoup plus vaste que celle de Romanianus à Thagaste. Je me sentais perdue dans ces dédales de cours intérieures et de somptueux appartements décorés de fresques. Raison de plus pour demeurer à ton chevet. Vers la fin octobre, tu as commencé à te rétablir, lentement. Constantius possédait une superbe bibliothèque. Tu essayais de lire, notamment des traductions des philosophes grecs par le fameux Apulée de Madaure (je revoyais sa statue sur le forum, dans la lumière païenne d'avril, à présent estompée). Mais les maux de tête étaient trop violents. Tu renonçais, somnolais, j'épongeais la sueur. Adeodatus revenait, maussade, de chez le grammairien : les autres enfants se moquaient de son accent africain. Non, nous n'étions pas heureux. Le 13 novembre, lorsque nous avons fêté tes vingt-neuf ans, tu étais encore alité. Ton fils t'a récité un poème qu'il avait composé pour cet anniversaire, tu l'as gentiment félicité. Le cuisinier de Constantius avait préparé de savoureuses cailles aux raisins, tu as avalé deux bouchées, une gorgée d'un vin de Setia – une entorse à notre régime autorisée par la maladie –, tu nous as adressé un sourire navré et tu t'es assoupi.

Pour tes premiers pas de convalescent, je t'ai accompagné jusqu'au bord du Tibre : une limace jaunâtre, lente et puante. Des bêtes crevées dérivant ou échouées sur la rive, des odeurs saumâtres. Par la suite, lorsque tu fus guéri – tu ne l'étais sans doute pas intérieurement –, nous avons pu admirer les célèbres monuments romains. Mais à quoi bon une magnifique colonnade, ou un beau portique, s'ils ne se profilent pas sur fond de mer et de montagne ? Les pins, oui, j'ai aimé l'odeur tiède des pins sur le Quirinal, dans la douceur d'un soleil hivernal.

Tu as pu reprendre l'enseignement, les étudiants ont afflué. D'un bon niveau, disais-tu, disciplinés. Sauf qu'au moment de régler les cours que tu leur avais donnés, beaucoup s'éclipsaient sans payer ! Ce qui te mettait en rage. Tu lisais beaucoup, tu discutais avec Constantius et ses riches amis adeptes de Mani. Le projet de notre hôte était de constituer une sorte de communauté manichéenne, un lieu d'étude, de recherche et d'échanges. Alypius me confia : Constantius considère Augustinus comme un penseur et un lettré de très grande envergure, il le verrait bien à la tête de cet établissement, mais Augustinus n'acceptera pas, il s'éloigne, je crois, de cette conception du monde et de l'homme.

Juin déjà, et le Tibre empestait, et je te sentais incertain, las d'enseigner, avide certes, mais de quoi ? Survint, par l'intermédiaire de Constantius, une proposition inattendue : le préfet de Rome, un païen, était chargé par la ville de Milan de recruter un professeur de rhétorique qui ferait en même temps fonction d'orateur officiel de la cour impériale. L'empereur n'était guère plus âgé que notre fils, c'est sa mère, une chrétienne, arienne, qui gouvernait – aux yeux des catholiques, l'arianisme est une hérésie. Constantius connaissait très bien le préfet de Rome, il proposa aussitôt son brillant protégé. Je n'y comprenais rien : si à Milan la cour était chrétienne, elle n'accepterait jamais un orateur soutenu par un païen et un manichéen, si fortunés fussent-ils l'un et l'autre ! Pas du tout, m'expliqua Alypius, ce sont des jeux de pouvoir, païens et manichéens s'allient à l'occasion contre l'influence croissante des catholiques et des ariens. Et surtout, la mère de l'empereur est obligée de ménager le puissant préfet de Rome, qui est aussi le chef du parti païen au Sénat, un parti toujours très influent… Alors, ça n'a rien à voir avec les mérites d'Augustinus ? Alypius a souri : mais si, d'ailleurs il faut qu'il fournisse au préfet un discours probatoire par lequel, précisément, il fasse la démonstration de son talent.

À nouveau, j'ai senti Augustinus en quête de promotion, d'argent, d'honneurs. Dans la chaleur de juillet, il a préparé fiévreusement son texte, le préfet l'a apprécié, et nous voilà partis par la poste d'État, tous frais payés, balancés mollement dans nos litières, vers ces contrées nordiques que je situais si mal. Alypius nous accompagne, heureux de ne pas quitter son ami et, en même temps, de satisfaire ses parents. Ceux-ci estiment qu'une carrière si bien commencée doit se poursuivre à Milan. Il a terminé son droit, est devenu fonctionnaire de l'Empire, assesseur aux finances : on le consulte chaque fois que surgit un litige dans l'administration des finances. Les natifs de la modeste Thagaste partent à la conquête de la ville impériale, de la gloire, de la fortune ? Je suis contente de quitter Rome, et pourtant une vague angoisse mijote au fond de moi, je me raccroche au regard limpide de mon fils. Augustinus peaufine son discours, je contemple les collines que nous traversons : une brume légère d'oliviers, piquetée des flammes sombres des cyprès. Étrange, je reconnais ces arbres, je peux les nommer, ils me sont familiers, et pourtant tout est si différent de mon Afrique natale, de sa beauté âpre. Ici, les teintes douces de la terre, la lumière tendre et changeante, cette façon de mélanger oliviers et cyprès m'attirent et me déconcertent.

Je me souviens d'une pause dans ces collines, quelques jours avant l'arrivée à Milan. Le relais de poste ne pouvait nous fournir de chevaux, il a fallu laisser reposer les nôtres vingt-quatre heures. Augustinus et notre fils étaient partis visiter des sépultures étrusques qui leur avaient été indiquées, à deux ou trois heures de marche – les Étrusques habitaient cette contrée avant les Romains, nous a expliqué Augustinus, de même que les Numides puis les Puniques avaient occupé une partie de l'Afrique avant qu'elle ne devienne romaine. J'étais restée auprès d'Alypius, malade, épuisé par des vomissements, passagers heureusement. Je l'obligeais à boire régulièrement. Il a fini par se sentir mieux, je l'ai interrogé : pensait-il qu'Augustinus en avait terminé avec le manichéisme ? Il se pourrait… Pourtant il continue de suivre les mêmes prescriptions alimentaires, excepté quelques entorses liées à la maladie, ou au voyage. Selon Alypius, c'était par habitude ou parce qu'il s'en trouvait bien. À présent, il cherche de plus en plus du côté des philosophes, grecs et latins.

— Et toi ?

— Je suis perplexe… Mais j'ai envie d'accompagner Augustinus dans sa quête.

— Eh bien moi, je resterai fidèle au manichéisme ! En somme, Augustinus sera passé de Carthage à Rome puis de Rome à Milan grâce au patronage de manichéens influents, au moment même où il se détacherait de cette croyance ?

Alypius a souri, évasif, avec cette douceur étrange qui détenait tant de charme. Le père et le fils sont revenus, contents d'avoir vu ces tombeaux. Nous avons repris la route. Les collines se sont lentement estompées, le ciel est devenu plus trouble. Quelques jours plus tard Milan était en vue.

Parfois je ne sais plus si je t'aime. Ou si je m'aime
moi t'aimant.

Après avoir effectué une livraison, de bonne heure, non loin de chez Silvanus, je passe toute la journée avec lui. Marcellus, gentiment bourru, m'a accordé cette liberté. Rustica m'aide pour la toilette et je constate combien les muscles des cuisses, du fait de l'immobilité, se sont encore atrophiés. Des pattes de sauterelle. Et ce sexe tout rabougri, oisillon mort dans son nid de poils : désolant, attendrissant. Je revois celui de mon fils lorsque je lui apprenais à se laver, soigneusement. Assez vite d'ailleurs, à Carthage, il m'avait fermement signifié : je peux faire tout seul, maman, je sais maintenant ! C'est à Milan qu'il est devenu pubère. Non, ne pas penser à Milan.

Autour de ce corps amoindri, les gestes de Rustica et les miens se tissent sans heurt. J'apprécie la lenteur efficace de cette femme, sa paisible plénitude. Elle vient du grand Sud, c'est sans doute le sang noir qui lui confère cette robustesse imprégnée de tendresse. En silence, nous nous accordons. Propre, longuement pétri à l'huile par les paumes puissantes de Rustica, Silvanus se détend : eh bien, me voici tel un petit enfant entre vos mains. Un sourire lumineux, un regard apaisé sur nous, sur la bibliothèque. Là-bas, dans une rue discrète entre Byrsa et

Megara, Victoria transpire, jute et râle, happée par la transe amoureuse. Je la comprends. Et j'ai mal pour Silvanus.

Qui se met à parler d'amour. Dont ruisselle ce livre, ces *Confessions* qu'il continue à copier – parfois même il fait une double copie, désirant conserver pour lui certains passages qui l'émeuvent vivement. Selon lui, l'évêque d'Hippo Regius vit une intense histoire d'amour avec Dieu et voudrait la faire partager à tous les chrétiens : je ne connais pas de texte plus vibrant, plus passionné, il surpasse ceux des poètes antiques qui ont célébré Éros. Et ce penseur, ce virulent polémiste et pourfendeur d'hérésies, désire devenir tel un tout petit enfant entre les mains de Dieu. Babiller avec lui, écrit-il. J'en suis bouleversé.

Je souris intérieurement : cette nostalgie de la première enfance chez Augustinus, une nostalgie à la fois souffrante et jubilante. Son émerveillement et ses angoisses après la naissance d'Adeodatus… Silvanus voudrait me montrer un paragraphe qu'il a récemment transcrit mais Rustica a décidé que c'était l'heure de se nourrir. Elle nous sert une soupe d'orge puis un ragoût d'agneau aux courgettes. Je ne mange que les légumes, Silvanus ne commente pas. Après le repas, il me lit un passage sur la toute-puissance de Dieu, lequel, selon Augustinus, aurait créé le monde par le seul langage : "Tu as parlé et c'était fait." N'est-ce pas stupéfiant, ajoute Silvanus, ce pouvoir démiurgique accordé au verbe divin ? Dans ce même passage, Augustinus évoque l'artisan, le potier, le sculpteur. À ses yeux, ils ne peuvent être considérés comme des créateurs puisque Dieu leur donne tout : la matière sur laquelle ils travaillent, leur corps qui transforme peu à peu cette matière, l'intelligence grâce à laquelle ils conçoivent l'œuvre puis la modifient au fur et à mesure de l'exécution.

— En somme, selon ton Augustinus, aucun être humain n'est créateur ?

— Non. Seul Dieu…

Je me tais. Seul Dieu, seule la grâce… Pourquoi ce besoin de tout abdiquer ? Je me tais, je ne veux surtout pas éveiller les soupçons par un intérêt trop marqué envers l'évêque d'Hippo Regius.

Arrive Victoria. Elle s'est soigneusement recoiffée, elle contrôle l'exubérance de ses gestes, se déclare heureuse que nous ayons passé une bonne journée. Toujours épris de ton évêque à ce que je vois, ajoute-t-elle en jetant un coup d'œil sur le texte en cours de copie. Puis se tournant vers moi : j'espère qu'il ne t'ennuie pas trop avec son Augustinus. Mais non, pas du tout… Rien concernant la santé de sa sœur. Silvanus ne pose pas de questions. Aurait-il deviné ? Je commence à être très mal à l'aise de cette situation.

À mon retour, Faonia m'annonce que Marcellus est souffrant : il s'est alité, ce qui n'est pas son genre, comme tu sais. Le contrecoup des attaques répétées contre nos dieux, ajoute-t-elle, yeux embués de larmes. J'essaie de la rassurer, la câliner, mais elle refuse de souper et rejoint Marcellus dans leur chambre.

Seule dans l'atelier. Je malaxe la terre. Une odeur froide de sous-bois. À présent je perçois mieux lorsque l'argile est disponible, ni trop sèche ni trop imbibée : un langage amical entre elle et ma peau. Déjà l'odeur s'est modifiée. Et le rythme de ma respiration. Je pose une petite boule sur le plateau, je prends le temps de la caresser, nous nous apprivoisons, et hop en route ! Le bonheur de sentir pieds et mains se coordonner sans effort, la terre me guide, je l'écoute, nous nous aimons, juste la bonne teneur en humidité, l'argile se creuse et s'érige, le plaisir vient, la forme également, encore quelques tours, les deux plateaux gémissent en sourdine, un dernier miaulement et, lentement, s'immobilisent. Je lisse avec une petite éponge. Savoure le silence. À l'aide d'un fil métallique, je coupe précautionneusement à la base et je transporte le bol sur la grande table où sèchent déjà d'autres pièces.

Je la contemple, mon œuvre. Mais oui, elle existe ! Avec un mélange d'aplomb et de modestie. Il se tient, ce petit bol. Bien équilibré, l'air tranquille. Un bol pour l'Adeodatus de cinq ou six ans. Je le regarde, si discret au milieu des cruches et des amphores nées des paumes de Marcellus. Il tiendra à la cuisson, je le sens. La lampe à huile grésille, je souffle la flamme et reste dans la pénombre. Heureuse, ou presque.

J'ai rêvé de Tigris, cette chienne qui, à Thagaste, s'était éprise de notre fils. Nous marchions toutes deux le long d'un fleuve sombre. Adeodatus est sur l'autre rive, affirmait-elle, je vais le chercher, attends-moi ici ! J'attendais, sans trop y croire – un peu quand même ? Elle revenait bredouille, l'air piteux, navré, s'ébrouait en faisant gicler des gouttes qui ressemblaient à des larmes.

Ce gris tiède et mou lors de notre arrivée à Milan…
Non, il ne faisait pas froid, mais terne. Je n'ai guère
eu le temps de céder à la nostalgie de la mer et de
la lumière, il fallait organiser la maison mise à la
disposition du rhéteur municipal. Une demeure
agréable : tout de suite, j'ai aimé le jardin sur l'arrière, son figuier, ses murs à demi recouverts de vigne
vierge. On entendait les cris et piaillements de jeunes
enfants jouant dans l'enclos mitoyen, des jumeaux.

J'ai passé près d'une semaine à nettoyer, ranger,
apprivoiser les lieux, repérer où m'approvisionner
– la cherté de l'huile pour les lampes m'a stupéfiée, chez nous c'était si bon marché ! Et Augustinus qui travaillait souvent le soir… Personnage
important, il accomplissait des visites de courtoisie
auprès de notables beaucoup plus importants que
lui. En novembre nous avons fêté ses trente ans. Eh
bien, lui ai-je fait remarquer, cette fois tu n'es pas
malade, tu as obtenu un poste prestigieux, et bien
rémunéré ! Adeodatus aime bien son nouveau grammairien, on sourit encore de son accent africain
– du tien aussi, j'imagine – mais notre fils a mûri,
il est moins vulnérable (j'ai failli ajouter : et toi ?).
Tu devrais être heureux, tes cours sont appréciés, tu

échanges fréquemment avec Alypius. Quant à Nebridius, qui ne saurait se passer de vos discussions amicales, il envisage de quitter Carthage pour Milan. Et dans quelques jours, m'annonces-tu, Romanianus, empêtré dans un long procès, s'installe dans la capitale impériale où il espère trouver des appuis en sa faveur. Paulina l'accompagne, ils ont loué une vaste demeure. Bien sûr, je me réjouissais de revoir Paulina, je me sentais très solitaire. Comme à Carthage, comme à Rome, j'étais la discrète concubine. Étrange conjonction : Augustinus, Alypius, Romanianus, tous trois originaires d'une bourgade africaine perdue dans la montagne, se retrouvaient dans la ville impériale.

— Et comment s'est passée ta visite à l'évêque ?

— Il s'est montré affable… Autant qu'il pouvait l'être sachant fort bien que j'avais obtenu ce poste grâce à l'entregent de son ennemi, le très païen et très puissant préfet de Rome. Ambrosius détient une culture très étendue, m'a-t-on dit. Célibataire bien que dans la force de l'âge. Une grande aisance de manières. On sent le riche patricien romain habitué au pouvoir, mais sans morgue. Avant de devenir évêque de Milan, il était gouverneur de la province.

Eh oui, me suis-je dit, en dépit de son brillant parcours et de cette promotion récente, Augustinus est resté l'élève méritant d'origine modeste, et ce n'est pas de sitôt qu'il obtiendra le gouvernement d'une province…

Un vague soleil d'arrière-saison a parachevé le mûrissement des figues. Au marché, le raisin abondait. Pas de poisson frais. Augustinus a suggéré : nous pourrions consommer de la viande un peu plus souvent… Je me suis limitée aux volailles et au veau, délicieux ce dernier dans la région. Notre fils a apprécié. Admettons, me suis-je dit, cette nourriture convient à un garçon en pleine croissance. Mais j'avais compris, Augustinus en avait fini avec le manichéisme. Dans les bibliothèques de la ville, il découvre des philosophes intéressants, m'a glissé Alypius, ceux qu'on appelle les sceptiques : ils incitent au doute. Qu'il doute, ai-je pensé, qu'il doute, mais pas de notre amour ! Je fus surprise que vous vous rendiez à la basilique Portiana afin d'écouter les prêches d'Ambrosius. Leur contenu ne m'intéresse pas, affirmait Augustinus, c'est uniquement pour vérifier si l'éloquence de l'évêque est à la hauteur de la réputation qu'on lui fait. Elle l'était. Alors pourquoi y retournez-vous de temps à autre ? Parce que ses sermons sont très plaisants à entendre. Je me taisais. À Carthage, tu préférais le théâtre.

Le bonheur de retrouver Paulina. Elle eut la délicatesse de m'envoyer sa litière afin que je puisse lui rendre visite. Je me perdais dans Milan, pourtant moins étendu que Carthage. Dans ma cité natale, j'avais mes repères et il est tellement plus facile de s'orienter lorsque, à un carrefour, on aperçoit le scintillement marin, ou une échancrure familière du rivage. Milan, à mes yeux, était sans relief. Durant le premier hiver je souffris de ces nuages bas. Mais qu'il pleuve un bon coup, avec rage même, et que revienne la grâce de la lumière ! J'errais dans ce gris doux, sans pressentir qu'il annonçait le gris de l'absence. Et les habitants me paraissaient toujours pressés, se bousculant inutilement. Je regrettais la souple nonchalance des Carthaginois, la fluidité féline de leurs gestes, cette subtilité dans l'art de se mouvoir, se frôler, s'attirer ou s'esquiver. Les Milanais me semblaient raides, guindés. Leurs pieds n'avaient pas éprouvé la douceur du sable tiède, leur respiration ne s'était jamais accordée à celle du ressac et leurs regards n'avaient pas connu le bonheur d'être happés par le large.

Paulina me réconfortait. Elle partageait avec moi le miel et les dattes qu'elle faisait venir en abondance de leurs domaines africains. Son fils avait changé depuis l'époque où, à Thagaste, il ne rêvait que de jeux et de chasse : Licentius suivait les cours d'Augustinus, ses parents envisageaient pour lui une belle carrière dans l'administration impériale. Je savais qu'Augustinus y songeait pour lui-même, et plus tard pour notre fils. Mais il lui fallait des appuis. D'où la répétition des visites de courtoisie. Ou de courtisanerie ?

Peu à peu, Paulina m'expliqua les rites de l'aristocratie locale, jalouse de ses privilèges, quelque peu méprisante à l'égard du nouveau rhéteur municipal : très éloquent certes, mais un peu emphatique, et cette façon de souligner l'accent tonique... De toute façon – Paulina l'avait vite compris –, on considérait avec quelque hauteur ceux qu'on appelait les Numides de Thagaste : on reconnaissait leur culture, leurs talents, mais, aux yeux des patriciens milanais, ils demeuraient des provinciaux. Paulina évoquait également les conflits entre l'évêque Ambrosius, catholique, et l'impératrice, arienne. Ce que les catholiques considéraient comme une hérésie. Je ne comprenais rien à ces dissensions : pourquoi les chrétiens se combattaient-ils si férocement entre eux ? Eh oui, c'était très regrettable, reconnaissait Paulina, car un danger beaucoup plus grave nous menaçait. Derrière les énormes montagnes au nord de la province (on pouvait les apercevoir, paraît-il, par temps très clair – autant dire jamais) se pressaient des masses non moins énormes de Barbares. Ariens pour la plupart, précisa-t-elle. Je fus surprise : des Barbares peuvent être chrétiens ? Bien sûr ! Et beaucoup maintenant parlent notre langue, voire ont appris nos techniques militaires. Pour les contenir, on compte beaucoup sur le général Flavius Bauto, d'origine franque – tu sais, celui pour lequel Augustinus a prononcé un panégyrique remarqué. Certes je me souvenais combien il avait travaillé ce fameux discours ! Il avait craint que sa voix ne faiblisse – l'humidité milanaise n'arrangeait rien –, j'avais trouvé au marché des plantes médicinales, efficaces en décoction.

En avril de cette année 385, la lumière me paraissait déjà moins terne. Adeodatus atteignait presque la taille de son père. Soudain, sa voix plongeait dans les graves et il s'interrompait, interdit, comme si un autre parlait à travers lui. Il lui venait de brusques pudeurs, ou des colères inattendues. Allais-je perdre dans la mélancolie milanaise l'enfant solaire de Carthage ? Puis, d'un seul coup, je retrouvais le petit garçon vif et tendre. Troublé lui aussi par ces changements, Augustinus m'a raconté : c'est aux thermes municipaux, à Thagaste, que Patricius avait observé les premiers signes de virilité chez son fils cadet. Très fier, il avait aussitôt annoncé la bonne nouvelle à sa femme. Monnica, j'imagine, avait dû être beaucoup moins ravie. Tiens, ai-je songé, ici, loin de Thagaste, Augustinus parle enfin de son père… Le lendemain, je m'apprêtais à étendre du linge dans le jardin lorsque j'ai entendu la voix de mon fils, crissant cette fois dans les aigus comme s'il retombait brusquement dans l'enfance : grand-mère, grand-mère ! Et oncle Navigius… En voilà une surprise !

Jambes coupées, j'ai posé dans l'herbe ma corbeille de linge. Augustinus était sorti – encore une de ses démarches auprès de dignitaires. J'ai accueilli Monnica, exténuée mais triomphante. Derrière elle, la carrure solide de Navigius et son bon sourire, l'air un peu gêné de cette intrusion inattendue. Décidément, tout Thagaste se donnait rendez-vous à Milan. Monnica se mit aussitôt à raconter : durant la traversée d'Hippo Regius à Ostie, ils avaient subi une tempête épouvantable, même les marins étaient terrifiés, c'est elle, Monnica, qui tout à la fois implorait le Seigneur et redonnait courage à l'équipage. Oui oui, confirma Navigius, un tantinet ironique : au plus fort de la tourmente, mère a eu une vision l'assurant que nous arriverions à bon port, ses paroles ont apaisé les flots tout autant que les matelots… Ensuite, d'Ostie à Milan, plusieurs semaines en chariot, épuisantes, mais tous deux nous avaient enfin rejoints ! Navigius ajouta qu'il avait laissé le soin de leur modeste domaine à son fils aîné.

J'offris du vin miellé et des galettes puis me préoccupai de réorganiser la maison de façon à accueillir deux personnes en plus. Il allait falloir se serrer, d'autant qu'Alypius habitait à présent avec nous. Depuis la chambre que j'étais en train de préparer, j'ai entendu Augustinus rentrer. Des exclamations, des effusions, quelques larmes, et à nouveau le récit de l'épopée maritime, ils avaient bien failli sombrer, Dieu les avait protégés, un miracle… Je n'ai pu m'empêcher de penser : si imbus d'eux-mêmes soient-ils, les patriciens milanais n'ont pas tout à fait tort, nous autres Africains sommes parfois quelque peu théâtraux. Et je me répétais – mais enfin, qu'est-elle venue faire ici ?

13 septembre 401 : l'anniversaire de notre rencontre sur la falaise. Tu es à Carthage. Pas pour cet anniversaire… Pour un concile général des évêques. Il s'agit, m'a expliqué Silvanus, de lutter contre un schisme qui ravage l'Église africaine depuis longtemps. On appelle ces dissidents les donatistes, du nom d'un évêque de Carthage, au siècle dernier. Ils se réclament d'un christianisme primitif, prétendent être les seuls véritables chrétiens. Voire même, comme les juifs, les élus de Dieu. Ces fanatiques – des gens de la campagne principalement – sont souvent d'une grande violence. Ils intimident leurs adversaires en les agressant, ils blessent, défigurent, coupent des mains, des langues, aveuglent avec un mélange de vinaigre et de chaux. On dénombre quantité de meurtres. Et de suicides par le feu. J'en arrive à détester ces religions qui engendrent la haine et l'horreur. Le mal rôde, disais-tu jadis en me racontant la destruction de Carthage par les Romains, le mal court, s'insinue, s'incruste…

J'ai préféré fuir ce récit des crimes perpétrés par des chrétiens contre d'autres chrétiens – ton Dieu tout-puissant très aimant laisse donc faire ? – et, dans l'après-midi, j'ai entrepris une longue marche jusqu'à notre falaise. Essoufflée, une crampe dans un mollet, je me suis effondrée, dos contre un rocher. Eh oui, je vieillis… Si lointaine la toute jeune Elissa qui grimpait ici allégrement pour rejoindre l'homme aimé !

Un temps d'apaisement, je me gorge de lumière. Personne, sinon quelques oiseaux. Silence du ciel, rumeur de la mer. Et les deux seins, si paisibles, là-haut, de l'autre côté du golfe. Tant de beauté me désaltère. Il y a une trentaine d'années, tes yeux me disaient que ma beauté t'apaisait, te comblait. Pas pour longtemps… Étrangement, je songe à Monnica, criant de désespoir ici même, le soir où nous avions embarqué tous les trois pour l'Italie. Monnica abandonnée par son fils très aimé. Serait-ce à ce moment-là, pleurant et priant toute la nuit dans la chapelle du bienheureux Cyprien, qu'elle se serait promis de le rejoindre, ce fils ? Et de le ramener vers ce Dieu au nom duquel tant d'horreurs s'accomplissent ?

La moiteur de la mi-journée s'est dissipée, je savoure la netteté des contours. En ce moment, tu discutes avec tes collègues, les évêques venus de toute la province. Je t'imagine défendant avec fermeté ce que tu estimes être l'orthodoxie. Ton Dieu t'accorde-t-il la grâce de te confirmer que tu as raison ? Certes, ce sont ces dissidents violents que tu t'acharnes à combattre, ou à rallier. Mais avec quelle inévitable, nécessaire violence ? Tu as toujours voulu avoir raison. Avec une fureur convaincante, tu as amené au manichéisme, puis au catholicisme, tes amis les plus chers. Ainsi que Romanianus, ton protecteur. Et nombre de tes élèves, de tes correspondants. Plus tant d'autres à présent, par tes prêches, par tes écrits. Pas moi, la récalcitrante ! Je contemple la clarté déclinante traversant de menues fleurs jaunes accrochées entre les pierres, je m'en nourris, je voudrais moi aussi être poreuse. Ma respiration s'est apaisée, elle pourrait s'accorder à ton sommeil : tant de nuits durant lesquelles j'ai réglé mon souffle sur le tien, préférant l'écouter plutôt que de m'endormir, éprouvant pleinement ton existence, la mienne.

Je m'approche de l'à-pic, me penche afin d'apercevoir le ressac – attention, Elissa, le vide attire ! –, je te souris : regarde, Augustinus, regarde comme la lumière est belle lorsque les vagues la captent et l'éparpillent sur les rochers.

L'absence prolongée de lumière te déprimait. Au cours de notre séjour milanais, j'ai parfois pensé que tes fluctuations d'humeur, tes insomnies et ton anxiété étaient liées à la grisaille du ciel. Un peu, sans doute. Mais l'essentiel se jouait ailleurs, m'échappait. Tu as fini par trouver une tout autre lumière.

Par Silvanus, j'apprends qu'Augustinus a échappé de justesse à un attentat fomenté contre lui par ces farouches donatistes, si nombreux dans les régions rurales. Il se rendait en visite pastorale dans une bourgade reculée de la Numidie. Un groupe de ces exaltés, ces fous furieux, l'attendait à un carrefour pour lui faire la peau. Par chance – un miracle diraient certains ? – son guide s'était trompé de route et l'avait fait passer par une autre vallée... Ce n'était peut-être qu'une manœuvre d'intimidation, suggère Silvanus, une tentative pour l'obliger à se taire et à cesser ses poursuites.

Eh bien, le métier d'évêque se révèle plus dangereux que celui d'enseignant. Toi qui ne supportais pas les excès des chahuts estudiantins à Carthage, te voilà confronté à une violence bien pire ! C'est quoi ce Dieu d'amour qui engendre des tueurs fanatiques ?

Non, bien sûr, tu ne te tairas pas.

Je tremble intérieurement. Tu pourrais être mort. Ou grièvement blessé, agonisant au fond d'un fossé.

C'en est fini du retour cyclique du sang. Faonia me fait remarquer : tu en as de la chance, aucun trouble – ni insomnies ni suées excessives –, quand je pense à ce que j'ai souffert autrefois à cette période… Et moi de lui répondre : tu sais, je crois que tout s'est arrêté en moi, il y a près de vingt ans, à Milan. Le mouvement du sang s'est poursuivi, rouage bien réglé, à l'intérieur d'un corps mort. Comme en dehors de moi.

Ma sœur reste silencieuse. Depuis mon retour à Carthage, je ne suis jamais revenue sur les événements de Milan. Et elle ne m'a pas questionnée. Je la regarde : comme elle a vieilli ces derniers temps… Et Marcellus encore plus. Il essaie de s'acharner au travail mais, à près de soixante-dix ans, affaibli, les mains déformées par les rhumatismes, il s'est résigné à prendre un ouvrier. Ce dernier monte les plus grosses pièces et s'occupe des cuissons. Ma sœur tient les comptes. J'aide autant que possible mais j'ai conscience de mes limites, je ne suis capable d'exécuter correctement que de la petite vaisselle.

Ce partiel abandon de pouvoir mine Marcellus encore plus que la fatigue liée à l'âge. Ma sœur achète quantité de vaines potions chez le sorcier. Mon beau-frère continue à se lamenter sur la fin des cultes païens et Faonia, patiemment, lui fait remarquer : d'accord, les temples ont été fermés mais beaucoup ont été transformés en bâtiments civils, les édiles veillent à leur conservation, des statues anciennes ont été préservées, on fait toujours la fête aux anciennes dates rituelles – eh oui, lors d'un prêche récent, j'ai entendu Augustinus fulminer une fois de plus contre ces persistances… Tu vois bien, insiste Faonia, que les chrétiens ne peuvent pas tout effacer, d'ailleurs pour les jours de la semaine, on continue à dire "le jour de Vénus" ou "le jour de Mercure". Oui oui, bougonne-t-il, mais il n'y a plus de sacrifices, et les pierres des temples utilisées pour faire des routes, leurs inscriptions piétinées ! Je le regarde : cet homme a perdu ses repères, il s'effondre, telle une figurine pétrie dans une argile trop humide s'affaissant mollement. Et il ressasse – plus de culte, plus de sacrifices, plus de droit d'asile dans les temples.

— Augustinus, euh… l'évêque d'Hippo Regius, s'entremet, paraît-il, auprès des autorités civiles afin que ce droit d'asile soit transféré aux églises.

C'est Silvanus, bien sûr, qui en a parlé devant Victoria et moi. Surprise, ma sœur me regarde : depuis une vingtaine d'années, il est bien rare que j'aie prononcé ce nom. Ce nom entendu pour la première fois sur la falaise, un jour de septembre, ce nom mélodieux, musique fragile murmurant au fond de ma crypte secrète. Et je me réjouis de n'avoir jamais croisé quelqu'un porteur du même.

Tout en me rendant chez Silvanus, je rumine : j'ai plus de cinquante ans, je partage l'existence de deux vieillards, plusieurs fois par semaine je vais laver, soigner un infirme, et cette vie me convient.

En arrivant, je suis surprise de trouver Victoria. Rustica, m'explique-t-elle, a été terrassée par une forte fièvre, je l'ai envoyée se coucher. À deux, nous nous organisons pour les ablutions de Silvanus. Je regarde Victoria nettoyer ce sexe qu'elle a jadis aimé – pense-t-elle à celui de l'homme qu'elle aurait dû rejoindre cet après-midi ? Fatigué par la toilette, Silvanus s'assoupit. Victoria m'entraîne dans le jardin, sous la treille. Et comme s'il allait de soi que j'avais compris depuis longtemps, elle se met à pleurer doucement : elle ne parvient pas à se décider, euh… à partir. Elle est tendrement attachée à Silvanus, ce n'est pas seulement la culpabilité d'abandonner un impotent qui la retient. Mais avec cet homme qui l'attend, là-bas, dans cette rue entre Byrsa et Megara, elle a découvert une plénitude tellement… Elle hésite, je murmure : tu n'as pas besoin d'en dire davantage, je te comprends. Surprise, elle me regarde, renonce à me questionner, et j'ajoute : en tout cas, ce n'est pas moi qui te blâmerais.

Silvanus nous appelle, nous partageons une collation de poires et de dattes. Et le voilà qui se met à nous parler d'une histoire de poires dérobées, il l'a relue ce matin dans les *Confessions*. Cet épisode l'a vivement frappé. L'évêque d'Hippo Regius, nous dit-il, a l'art de mettre en scène, avec peu de mots – quel écrivain… On les voit tellement bien ces chenapans désœuvrés de Thagaste, ils ont quinze ou seize ans, ils errent tard le soir dans les rues et les places désertes. Rien à se mettre sous la dent, ils s'enfoncent dans la nuit, dans la campagne proche, et, faute de mieux, stupidement, secouent un malheureux poirier. Les fruits qu'ils ramassent ne sont même pas comestibles, ils vont les jeter aux cochons. Mais ce qui est goûteux, se souvient l'adolescent devenu évêque, c'est "la transgression de l'interdit", la douce saveur du mal. Et il revient sur ce plaisir du vol qu'il a intensément éprouvé. Sur cette complaisance dans la déchéance, cette jouissance du mal pour le mal. Il en est vivement troublé… Pour quelques poires, il ne faut tout de même pas exagérer ! s'exclame Victoria en mordant dans la sienne. Un jus blanchâtre coule sur son menton, bizarrement je pense à du sperme.

— Non non, il n'exagère pas : il veut comprendre l'essence du mal. Le mal pour le mal, précisément. Hanté par cette question depuis très longtemps, il avait cru trouver une réponse dans le manichéisme. Mais il lui a fallu chercher ailleurs.

Victoria s'essuie les lèvres. Elle est belle, sensuelle. Il est clair qu'elle n'écoute plus. Silvanus poursuit et raconte que, dans ce même chapitre des *Confessions*, l'évêque écrit à propos de l'amour : "Dans le contact charnel, le plus important c'est que les corps se répondent."

Saisie, tremblant en dedans, je regarde Victoria, j'aurais envie de lui murmurer : écoute, mais écoute donc, comme un écho à ta question ! Et pour moi tant d'échos au creux de ma mémoire, de mon ventre.

— Bien entendu, reprend Silvanus, l'évêque met en garde contre les séductions de la vie terrestre et notamment contre la passion érotique, il n'empêche…

Ainsi, tu n'aurais pas tout oublié, occulté ? Bouleversée, tentant de masquer mon trouble, je prends congé. Toi, l'évêque rigoureux, le redoutable polémiste, te serais-tu souvenu de nos nuits ? De nos corps qui savaient se répondre ? Non non, je divague, tu les as effacés, annulés, bien sûr. Je marche lentement dans l'obscurité tiède, le vent rabat sur moi l'odeur de la mer, et brusquement je me retrouve à Thagaste, non loin de ce vieux poirier, à côté de la vigne familiale. C'était juste avant la mort de Lucius, l'ami très cher. Notre fils cueillait des boutons-d'or et s'apitoyait sur ces pauvres cochons auxquels on faisait bouffer des poires aigres. Nous avions bien ri. Adeodatus, l'enfant si vif, si charmant... Les larmes affleurent. Resurgit l'étonnante petite phrase sur l'amour, mais oui rien de plus essentiel que des corps attentifs l'un à l'autre, s'écoutant, s'accordant. Durant tant d'années nous avons accompli ce tissage des peaux, des caresses, mon corps devinait ce que ton corps désirait, et l'attente de l'autre, et le partage des rythmes, cette musique charnelle qui t'a si longtemps subjugué. Puis répugné. Quand, comment aurais-je failli ? Je ne saurai jamais.

Me voici de retour dans ce qui est mon foyer, ma famille. Auprès de cette sœur qui m'a servi de mère lorsque, à cinq ans, je fus orpheline. Et lorsque je revins de Milan, exsangue. Elle me sourit. Marcellus ronchonne, comme à son ordinaire. Je ne sais ce que je deviendrai lorsqu'ils disparaîtront.

Tu aimais lorsque j'allumais la lampe. Douce lumière, et toi, mon aimée ma douce, murmurais-tu à voix basse comme si tu craignais que ta respiration n'éteigne cette lueur.

Et tu aimais le moment où je soufflais la flamme avant de me couler contre toi.

Peu après l'arrivée de Nebridius à Milan, j'éprouve une secrète satisfaction en t'entendant remarquer : Nebridius, lui, a laissé sa mère en terre africaine… Ainsi, Monnica parfois te pèserait ? Pas autant qu'à moi ! La rapidité avec laquelle elle s'approprie Milan me stupéfie. Le dimanche, elle écoute avec ferveur les prêches de l'évêque Ambrosius. Durant les repas elle ne parle que de cet homme admirable. En semaine, elle se rend fréquemment au cimetière. Éloigné, puisque situé hors les murs, mais la distance ne lui fait pas peur. Elle apporte aux morts leur nourriture quotidienne de pain et de vin, se fait vivement rabrouer par le gardien – ah non, ici on ne tolère pas ces vieilles coutumes païennes ! Troublée, et mortifiée, elle harcèle son fils : demande à l'évêque son avis là-dessus, je t'en prie ! Le fils finit par s'exécuter. À contrecœur : il n'aime pas déranger Ambrosius qui reçoit dans la petite pièce où il médite et lit – ce qui, aux yeux d'Augustinus, est sacré. D'autant que ce grand patricien continue à l'impressionner. L'évêque confirme l'interdit, Monnica s'incline. Elle convertit ses dons aux morts en aumônes pour les vivants. Ce qui ne l'empêche pas, comme à Thagaste, d'aller régulièrement faire sa cour à Romanianus, son protecteur depuis tant d'années. Par Paulina, j'apprends qu'elle est peu à peu introduite auprès de grandes familles patriciennes : n'est-elle pas la digne mère du rhéteur Augustinus ? Ce rhéteur dont on attend impatiemment le prochain discours célébrant les premières années de règne du tout jeune empereur. Le règne, façon de parler, c'est sa mère qui gouverne, et il n'a pas l'envergure d'un Néron. L'éloge d'une mère toute-puissante, voilà qui devrait te convenir, non ? Cependant, il te faut chanter les louanges de cet adolescent falot sur lequel il n'y a rien à dire, tu vas être contraint d'enjoliver sans paraître flagorneur, un exercice sur la corde raide.

Tu te ronges sourdement à ce sujet, je le sens et m'inquiète en silence. Si bien que je ne prête guère attention à une phrase de Paulina : dans l'une des riches familles fréquentées par Monnica, une fille à marier, très jeune, même pas nubile… Une phrase qui se faufile tandis que Paulina me montre une belle étoffe venue d'Orient. J'admire, commente, la phrase glisse et s'estompe. J'ai d'autres soucis : tu souffres de la gorge. Parfois même, angoissé, tu cherches ton souffle. En pleine nuit, je suis réveillée par des halètements rauques. Assis au bord du lit, tu suffoques. La crise s'estompe. D'une voix sourdement rageuse, tu éructes ton dégoût de cette vie – la course au succès, entrer dans le bon réseau, préparer et donner des cours de façon à former des vendeurs de belles et vaines paroles, à mon image… Et jamais assez de temps pour l'essentiel, lire, réfléchir, discuter avec les amis, écrire ! J'offre ce que propose une femme dans ces cas-là, une tisane au miel, une main apaisante, une épaule accueillante pour inviter au sommeil, à l'oubli.

Un mois plus tard, je suis perplexe en te voyant chaque dimanche partir avec ta mère à la basilique, vous allez écouter le prêche de l'évêque Ambrosius. Alypius et Nebridius se joignent souvent à vous. Avec sa gentillesse coutumière, Alypius m'explique : l'évêque est un homme de grande culture, dans ses sermons il lui arrive de se référer à des philosophes grecs qui nous intéressent vivement, nous essayons ensuite d'en trouver de bonnes traductions et d'échanger entre nous à propos de ces textes. Les Grecs, je veux bien, mais pourquoi es-tu à nouveau plongé dans l'Ancien Testament que tu méprisais et récusais si violemment à Carthage ? Ou dans les épîtres de l'apôtre Paul ? Les regards attendris que Monnica jette alors sur toi m'agacent...

À l'automne, il est de plus en plus question d'un projet de vie communautaire incluant Alypius, Nebridius, Romanianus et quelques autres lettrés, fortunés pour la plupart. Les uns et les autres, une dizaine, renonceraient à faire carrière, mettraient leurs biens en commun et se consacreraient à la réflexion philosophique. À tour de rôle, deux d'entre eux prendraient en charge les finances et l'intendance. Cette perspective plaît vivement à notre fils, ravi d'être intégré à un tel groupe en dépit de son jeune âge. À moi également. Tu as besoin de changer de vie, j'en suis convaincue. Et préparer à manger pour de vastes tablées ne me fait pas peur... Mais les autres femmes – les officielles, les nanties – ne l'entendent pas de cette oreille, elles tiennent à leurs belles demeures, à leurs prérogatives et à leurs nombreux esclaves. Il n'en est pas question, me confie Paulina, j'ai menacé Romanianus d'un divorce ! Et comme tu sais, si je demande le divorce, le droit romain m'autorise à partir avec ma dot, laquelle est considérable…

Non, je ne sais pas, je n'ai jamais eu ni dot ni fortune. Le projet avorte. Tu en es meurtri. Alypius également.

Notre deuxième hiver milanais grisaille, s'étire. Les crises de suffocation reviennent. Ou bien ta voix casse, tu es parfois obligé d'interrompre un jour ou deux ton enseignement. Tu sembles préoccupé. De plus en plus absent. De la maison. De toi-même, de nous. À présent Adeodatus suit tes cours où il retrouve le fils de Paulina et Romanianus : Licentius est plus âgé que notre fils, mais moins subtil – ah cette fierté des mères, qu'elles se nomment Monnica ou Elissa.

Une nuit, début mars. Nous venons de faire l'amour, je m'assoupis. Ta voix, tendue, tremblée : je vais me marier… Je sursaute, me redresse et m'assois au bord du lit, te tournant le dos. La voix – la tienne, vraiment ? – poursuit : ce ne sera pas avant un an ou deux, c'est encore une enfant.

Puisque tel est le sort des femmes, attendre que le sang coule pour qu'un homme le fasse couler… Je me tais, me noue, je serre : mâchoires, poings, sexe.

— Tu comprends, si je veux accéder à un poste important, une alliance avec une famille honorable et fortunée est indispensable.

Le vieux désir de Monnica. Ce n'est pas la fillette impubère qui envahit notre chambre, mais la mère, ombre monstrueuse et toute-puissante. J'étouffe. J'étouffe mes cris en dedans – bien sûr, moi je ne suis pas honorable… Je me lève d'un bond, enfile une robe à la va-vite, un châle par-dessus, et m'enfuis dans le jardin. Un froid humide me saisit, je marche à vive allure, tournant en rond. Serrer les dents, ne pas s'effondrer. Tu me rejoins, en larmes – non non, ne pas pleurer, pas devant toi ! Nous nous asseyons sur un muret, non loin du figuier. Je me recroqueville, grelottante.

— Ma mère avait pris les premiers contacts. Avant-hier, j'ai fait ma demande officielle. On m'a accepté.

Le bon élève méritant, son besoin d'être reconnu, intronisé. La course de Thagaste à Carthage, de Carthage à Rome, de Rome à Milan aboutissait à un mariage avantageux.

— Et… elle te plaît ?

— C'est encore une enfant. Mignonne, une éducation soignée – comme on en reçoit dans ces grandes familles cultivées. Oui, elle me plaît, c'est tout…

— Catholique, je suppose ?

— Oui.

Augustinus se rendant à l'église avec sa charmante épouse et leurs nombreux enfants… Le silence. Le froid. Autour de nous, entre nous. Tu reprends, empêtré, voix étranglée :

— Ma future belle-famille préférerait que je ne vive plus officiellement en concubinage.

— J'ai compris, je pars. Dès demain.

— Non, Elissa, non ! Nous avons du temps devant nous. Pour aménager cette séparation. Pour organiser au mieux ton retour à Carthage. Et pour que notre fils, lui aussi, s'accoutume à cette rupture.

Puisque, bien entendu, Adeodatus restera avec son père qui, fort de ses nouvelles relations, de sa position sociale, pourra lui assurer un bel avenir… Moi, je ne peux plus rien pour mon fils. Froid, détresse, je me mets à trembler. Augustinus veut m'enlacer, je le repousse. Nous rentrons, nous allongeons côte à côte, rigides. Deux gisants sur une sépulture. Des gisants aux larmes silencieuses.

Je ne dors pas, me lève de bonne heure et me précipite chez Paulina : peut-elle m'accueillir, le temps que je prépare mon voyage de retour ? Elle accepte. Je retourne prendre quelques vêtements à la maison, mon fils est déjà parti chez le grammairien. Augustinus tente de me retenir – c'est absurde de s'en aller si vite, la navigation n'est pas encore rétablie ! Je rétorque qu'elle le sera lorsque je parviendrai à Ostie. Non, je ne souhaite pas rester plus longtemps dans cette maison où je croiserai une Monnica silencieusement triomphante. Elle avait réussi à le combiner et à l'obtenir, son riche mariage catholique ! En moins d'un an ! Et, avait-elle dû estimer, du mariage au baptême…

Augustinus a voulu m'embrasser et me serrer contre lui. Je me suis dégagée et j'ai murmuré : il n'y aura pas d'autre homme que toi. Plus jamais un homme ne me prendra dans ses bras, ne me fera l'amour. Et je suis partie, très vite.

Je range la bibliothèque, époussetant soigneusement chaque codex, humant les odeurs de papyrus et de parchemin. Victoria est absente, Silvanus silencieux. Après le repas, il se plonge dans la lecture de Virgile, un chant de l'*Énéide*. Il marmonne : lorsque Didon croise Énée descendu aux Enfers, pourquoi le fuit-elle ? Je me souviens qu'Adeodatus avait posé la même question à son père, un jour où celui-ci lui faisait réciter ce tendre et triste passage. Parce qu'elle est morte, avait répondu Augustinus, tandis qu'Énée, bien vivant, ne fait que passer dans la demeure des ombres. Et j'avais ajouté : elle le fuit parce que le revoir la rend trop malheureuse, parce qu'elle ne peut lui pardonner de l'avoir quittée si brutalement. Même après la mort, il ne saurait y avoir d'apaisement.

— Mais pourquoi Énée l'avait-il l'abandonnée ? Il ne l'aimait plus ?

— Si, si, avait affirmé Augustinus, il l'aimait. Mais son destin était de prendre femme en Italie.

Je me réfugie chez Paulina, puis, très vite, dans la maladie. Fièvre et délire, confusion des jours, des visages. Une vieille esclave africaine m'oblige à boire. Je refuse tout aliment, me nourris de son odeur. Par la suite, Paulina me racontera : tu étais devenue son enfant, elle avait glissé une amulette sous le drap, elle te veillait jour et nuit, récitait des incantations et massait tes muscles noués. Tu étais quasiment paralysée. Te faire avaler une gorgée était un exploit. Elle t'a sauvée, je crois. Sauvée ? Ce qui signifie réapprendre à souffrir. Sauvagement.

Plus tard Alypius vient me voir, toujours fraternel. L'un et l'autre nous évitons de prononcer ce nom : Augustinus. Plus tard encore – à présent, je tiens à peu près debout –, je prends conscience que, dans ma fuite précipitée, je n'ai pu dire adieu à mon fils. Puisque je me sens un peu mieux, j'aimerais tellement passer le voir, juste une fois, lui parler, calmement, ne pas rester sur ce vide atroce. Alypius paraît embarrassé. Deux jours plus tard, il se décide à m'avouer : une jeune femme est installée à la maison. Il s'interrompt, très mal à l'aise. Et elle occupe ma place dans le lit ? Oui, provisoirement…

Bien sûr, Augustinus ne pouvait rester solitaire dans ce lit. Il avait pris une remplaçante en attendant que la gentille petite fille veuille bien se décider à saigner… Cette remplaçante, on pouvait à la rigueur l'ignorer, elle ne faisait que passer. Tandis que moi, la concubine officielle depuis tant d'années, mère de ce grand fils, c'était une situation beaucoup plus embarrassante vis-à-vis de la future et si respectable belle-famille. D'honorables arrangements, en somme, durant une période de transition… J'ai failli demander à Alypius : Monnica, toujours efficace, s'était-elle chargée de la dénicher, cette brave fille, de lui expliquer ses fonctions temporaires et de fixer son salaire ? La nuit suivante, dans le semi-délire d'une recrudescence fiévreuse, mi-pleurant mi-riant, j'imaginais cette femme déniaisant savamment mon fils.

Alypius me répétait qu'il était farouchement opposé à ce mariage. Augustinus serait absorbé par la gestion d'une fortune, d'une famille, captif d'un réseau d'alliances, et donc beaucoup moins disponible pour lire, réfléchir, écrire, échanger avec ses amis. Un très grand esprit risque de s'enliser dans cette union, affirmait-il, consterné. Et il me confiait son regret que le projet communautaire n'ait pu voir le jour : là résidait, selon lui, le désir véritable d'Augustinus.

Et moi j'aurais pu rester avec lui, avec notre fils. Discrète, et nécessaire.

Un jour de juin – à cette époque, je me sentais un peu mieux et je parvenais à déambuler dans la cour intérieure –, j'ai demandé à Paulina si elle connaissait la fiancée impubère. Oui, elle se nomme Florentia. À onze ans, elle joue encore à la poupée. Du charme, pas sotte. Mais on ne peut savoir quel genre de femme elle deviendra. Peut-être considère-t-elle avec perplexité cet homme qu'on lui fait épouser ? Qui a le triple de son âge, quasiment.

Ce soir-là, avant de m'endormir, j'ai rêvassé. L'enfant, la fillette en fleur, se décide enfin à saigner, les noces sont aussitôt célébrées. Six mois plus tard, mon fils le très beau séduit la très jeune épouse de son père. Deux mois plus tard, elle est enceinte. On ne sait pas de qui. Un peu de comédie afin de supporter ma propre tragédie ? Rappelle-toi, au théâtre à Carthage, tu sanglotais lorsque les amants étaient contraints de se quitter. À présent, séparé de moi, t'arrivait-il de pleurer ? Et ta nouvelle compagne, ma remplaçante, essuyait-elle les larmes sur ton visage, le sperme sur son ventre ?

Chaque semaine, je décidais de partir afin d'embarquer à Ostie. De l'autre côté de la mer, m'attendaient les deux seins immuables et ce vaste ventre mouvant qu'était, dans ma mémoire secrète, le golfe de Carthage. Aurais-je la force de les rejoindre ? Je commençais mes préparatifs. Aussitôt surgissait un accès de fièvre qui me terrassait. La vieille esclave revenait à mon chevet, me lavait et me berçait, glissait entre mes lèvres la fraîcheur apaisante du raisin ou du melon. Non, je ne parvenais pas à m'arracher à cette cité que je n'avais jamais aimée, il me fallait respirer encore un peu le même air que mon homme, mon fils.

En septembre, Paulina entre dans la chambre où je fais la sieste et m'annonce : le mariage avec la jeune Florentia est rompu ! Augustinus reviendrait, paraît-il, à la foi de son enfance, sa mère en pleure de joie. Et il semblerait qu'il n'ait plus aucun désir de faire carrière. Il donnera bientôt sa démission, arguant de ses difficultés respiratoires : sa voix lui faisant de plus en plus souvent défaut, il ne peut plus assurer ses fonctions de rhéteur. Comme les longues vacances des vendanges vont bientôt commencer, cette démission ne fera pas trop de remous. Avec Alypius, Adeodatus et quelques autres, ils ont décidé de partir dès le début des vacances et de passer plusieurs mois hors de la ville. Un grammairien milanais leur prête sa maison de campagne. Pas très loin, à Cassiciacum, sur la route des grands lacs. Une jolie campagne, paraît-il, convenant à une retraite studieuse entre hommes. Plus Monnica, bien entendu. Licentius a décidé de se joindre à eux, mon fils veut poursuivre la recherche philosophique déjà commencée sous l'égide d'Augustinus.

Eh bien, le fameux projet communautaire renaissait de ses cendres ! Sans moi. Tout en commençant à rassembler mes affaires, j'ai eu une pensée pour la femme sans visage et sans nom qui avait partagé durant quelques mois la couche de l'homme aimé : en la congédiant, Monnica lui avait-elle glissé un petit pécule ? Augustinus l'avait-il remerciée pour ses bons soins ? Paulina m'a obligée à retarder encore un peu mon départ. Elle tenait à ce que je sois en sécurité et me faisait voyager sous la protection d'un couple de ses amis qui embarqueraient également à Ostie.

En octobre 386, deux jours avant mon départ, cette fois définitif, Paulina a reçu une lettre de son fils. Licentius semblait content. Là-bas, à Cassiciacum, la vie était agréable, les échanges intéressants. Augustinus avait proposé un bien beau thème de réflexion : comment être heureux ? Monnica participait aux discussions. Et faisait la cuisine, ce n'était pas trop mauvais. Adeodatus et lui étaient chargés de l'entretien du potager, ils s'entendaient bien. Bref, tout allait pour le mieux sauf que Licentius s'était fait tancer par Monnica : installé tranquillement dans les latrines, il avait entonné un hymne, non, elle n'avait pas toléré pareil écart ! Paulina a éclaté de rire en me lisant ce passage.

Ma dernière journée à Milan, et toujours cette buée molle traversée d'un soleil incertain. J'ai fait mes adieux à la vieille Africaine : elle m'a accroché une amulette en corne autour du cou, m'a serrée contre elle – cette âcre odeur maternelle… Durant la nuit, je n'ai pu dormir, j'écoutais la montée du vent. Des rafales de plus en plus violentes. Au petit jour, Paulina m'a appelée. Viens vite, il faut absolument que tu voies ce spectacle avant de partir ! Je suis montée derrière elle sur un toit en terrasse, elle a tendu le bras vers le nord : regarde, les montagnes, la neige ! Comme surgies de ce vent fou qui avait nettoyé le ciel. Lointaines, et superbes. Certains sommets étaient d'un blanc étincelant, j'en avais le souffle coupé. Paulina a murmuré :

— Et derrière, les hordes de Barbares. Leurs sombres hordes.

En cet été 405, la nouvelle vient d'arriver à Carthage. Des Barbares, les Ostrogoths, ont franchi les Alpes. Pillant et massacrant, ils se sont approchés de Rome. Le mal court, le mal gagne ? L'armée impériale a réussi à les repousser. Pour combien de temps ? murmure mon beau-frère, terrifié. Rome tombera, marmonne-t-il, nos dieux ne la protègent plus. Les véritables Barbares, ce sont ces chrétiens qui ont chassé nos anciens dieux. Et Carthage aussi tombera, ajoute-t-il, lugubre. Mais non, rétorque ma sœur qui essaie de se rassurer elle-même, les Ostrogoths peuvent traverser une chaîne de montagnes mais pas la mer, ce ne sont pas des navigateurs.

Ce n'est pas Rome qui s'effondre, mais Marcellus. Je le vois s'affaisser sur le tour, de la bave sort de sa bouche, je crie, j'appelle Faonia. Avec l'aide de l'ouvrier nous le transportons sur son lit. C'est fini.

Victoria est venue aux obsèques de mon beau-frère. Ce qui m'a touchée, elle avait probablement renoncé à un rendez-vous amoureux. Devant la tombe, ma sœur est restée figée, pas une larme. Étrangement, c'est moi qui sanglotais. Je repensais au dernier geste technique que Marcellus m'avait enseigné – apposer de fines anses sur une petite coupe. Une opération délicate. Pour une fois, il m'avait gratifiée : eh bien, Elissa, tu as réussi dès le premier essai, félicitations ! Bizarrement, ces deux anses m'évoquaient les oreilles du nourrisson Adeodatus, ces minuscules oreilles, légèrement décollées. Et j'ai pleuré. Sur les disparus, jeunes ou vieux. Sur les auréolés de grâce comme sur les bougons désespérés.

Ma sœur a commencé à négocier avec l'ouvrier. Même rongée par le chagrin, elle affronte courageusement les problèmes pratiques et financiers. Il faut conserver l'atelier, affirme-t-elle, à tout prix ! Elle envisage d'en céder une partie à l'ouvrier. Si les commandes se maintiennent, peut-être engagera-t-elle un aide. Je l'admire, je sais qu'elle ne parvient pas à dormir, je l'entends pleurer au cœur de la nuit. Bien que moi-même très éprouvée, j'essaie de la seconder au mieux. J'ai fait le tour de nos principaux clients pour leur assurer que nous poursuivons comme par le passé, j'espère les avoir persuadés.

Après cette période difficile, je prends enfin le temps de rendre visite à Silvanus. Il se souvient que, il y a près de vingt ans, Marcellus avait modelé deux calames et un codex sur des cruches que j'avais livrées chez eux : Silvanus avait été sensible à cette attention. Il me paraît ému, agité même. Et chez un homme à demi paralysé, ce frémissement fébrile est encore plus perceptible. Victoria lui aurait-elle annoncé son prochain départ ? Non, il finit par m'expliquer qu'il a lu cette nuit un chapitre des *Confessions*. Et l'a relu dans la matinée. Il s'agit des derniers temps que passe Augustinus à Milan, juste avant un revirement notable : il interrompt sa carrière de rhéteur, renonce à un mariage qui aurait assuré sa fortune, puis se retire quelques mois à la campagne. Cet homme, commente Silvanus, est secoué au plus profond. D'ailleurs son corps proteste, renâcle. Une extinction de voix, des maux de dents, des insomnies et des difficultés respiratoires. Mais le pire n'est pas là ! Le pire, qui va se métamorphoser en bien, c'est ce mouvement tout intérieur le contraignant à se regarder lui-même. À ne plus pouvoir se fuir. Un mouvement impulsé par Dieu, écrit-il une douzaine d'années après cet épisode.

Silvanus se tait, longuement. Il hésite, reprend : après ma chute de cheval, j'ai prié, imploré une guérison. Victoria m'a soutenu de son amour. Si souvent elle s'est rendue à la basilique Restituta, pleurant, espérant un geste divin, un miracle… Le silence, bien sûr. Mais, pour moi, il ne s'agit que d'un corps accidenté. Augustinus, lui, sent que son âme est malade. Écoute cette phrase étonnante : "Dieu m'a fait pivoter sur moi-même." Un retournement radical, qui l'oblige à se contempler en face. "Je me suis vu. Horreur. Et nulle part où échapper à moi."

Nous restons silencieux. Traqué par lui-même ? Ainsi je vivais à ses côtés, nous partagions la nourriture, la jouissance, le sommeil, et il subissait cette torture intérieure. Certes, j'avais perçu son mal-être, mais je l'attribuais à sa lassitude d'enseigner, à sa rupture avec le manichéisme, aux interrogations concernant la suite de sa carrière. Puis, rétrospectivement, à sa culpabilité d'avoir à m'annoncer son futur mariage et notre séparation.

— Et qu'est-ce qui provoque cette bousculade intérieure ?

— De multiples lectures. Et surtout le récit d'une conversion, par une connaissance de passage. Ce jour-là Alypius, son plus proche ami, est présent. Le récit en question concerne deux membres de l'armée : soudain leur existence avait été transformée, ils avaient quitté leur métier, leurs fiancées, pour mener une vie consacrée à Dieu, dans l'austérité. Cette histoire trouble vivement Augustinus – quoi, lui-même, en quête de la vérité depuis une douzaine d'années, est toujours errant, incertain, prisonnier de ses vieilles habitudes, sexuelles notamment, alors que ces deux soldats sans culture ont trouvé la voie, sans hésitation, et dans la joie !

Un silence. Silvanus boit un peu d'eau, reprend :

— L'évêque d'Hippo Regius tente de nous dire que le seul effort humain ne suffit pas pour changer de vie, contrairement à ce que suggèrent les philosophes païens. Il faut que Dieu s'empare de vous, vous torde, vous essore jusqu'à ce que l'homme accepte, cède, s'abandonne…

— Et toi, tu as connu semblable bouleversement ?

— Non non, pas du tout ! C'est bien pourquoi ce passage des *Confessions* m'impressionne tellement… Dès l'enfance j'ai été élevé dans la foi chrétienne, à dix-huit ans j'ai été baptisé. Je n'ai jamais quitté cette voie, elle allait de soi.

— Et Victoria ?

— Victoria était israélite. Elle m'aimait à cette époque, elle s'est convertie après m'avoir rencontré. Mais nous aurions très bien pu nous marier en conservant nos pratiques religieuses respectives.

Elle m'aimait à cette époque… Sans doute sait-il que cet amour a pris fin. Nous gardons tous deux le silence, pudiquement. Une absente, un absent. Si présents. Silvanus reprend :

— Pour Augustinus s'ajoute à ces multiples soubresauts la douleur d'avoir perdu sa compagne, aimée, aimante, après quinze ans environ de vie commune. Il l'avait renvoyée afin de pouvoir épouser une jeune fille de bonne famille.

J'hésite puis je glisse, d'une voix la plus neutre possible :

— C'était donc son choix…

— Ce qui n'empêche pas la souffrance. Attends, je vais essayer de retrouver le passage où il évoque cette rupture.

Il fouille dans les parchemins empilés à côté des tablettes. Une fluide bouffée d'odeurs, je la hume, tremblant intérieurement.

— Je suis certain d'avoir conservé cet extrait, il m'avait frappé… Ah voilà ! "On arracha de mon flanc, comme un obstacle au mariage, la femme avec qui j'avais l'habitude de coucher."

— Qui ça, "on" ?

200

— Il ne précise pas. À mon sens, ce "on" désigne la mère d'Augustinus. C'est elle, probablement, l'instigatrice de cette union avec la riche héritière. Mais enfin, il a bien fallu qu'il consente, on ne marie pas de force un grand garçon de plus de trente ans !

Un silence. J'esquisse un geste évasif.

— Ce mariage, il est vrai, était l'aboutissement logique de son parcours antérieur, de cette lente mais sûre ascension… Parlant de la femme aimée, la répudiée, il ajoute : "Mon cœur, auquel elle s'était accrochée, fut déchiré, et se mit à saigner." Cette souffrance persiste, longuement. Après avoir avoué que, incapable de vivre chastement en attendant la célébration nuptiale, il a mis une autre femme dans son lit, il revient sur cette blessure de la séparation : elle ne saurait guérir, même après plusieurs mois. De l'inflammation elle est passée à la gangrène, précise-t-il. Des images terribles.

Silvanus me laisse-t-il entendre que lui non plus ne pourra guérir ? Nous nous taisons. J'essaie d'afficher un visage indifférent. Ainsi, tandis que j'étais réfugiée chez Paulina, gravement malade, délirante parfois, Augustinus lui aussi endurait, se débattait ? Et je ne le savais pas. Ou ne pouvais l'admettre. Alypius avait essayé de me le faire comprendre mais j'étais moi-même emmurée dans une telle détresse… De très loin, comme si j'étais encore engluée dans la semi-brume milanaise, j'entends Silvanus murmurer :

— Je n'aurais pas aimé être celle qui a partagé le lit d'Augustinus après cette séparation. Cette femme contrainte de renifler l'odeur de cette gangrène tout en accomplissant les gestes amoureux. Quelle saveur peut bien avoir le plaisir dans un lit toujours hanté par une autre ? Je me pose la question, pour elle comme pour Augustinus. Et j'imagine la douleur de celle qui fut renvoyée.

Ces réflexions m'émeuvent vivement. Cet homme privé de femme parvient à s'identifier à une femme ? Peut-être les épreuves déjà traversées – et celle qui s'approche – lui confèrent-elles cette sensibilité si vive ? Presque aussi frémissante que celle d'Augustinus…

Rustica nous apporte des grains de grenade saupoudrés de cumin et d'amandes broyées. Je savoure du regard ce rouge flamboyant, condensé de clarté. Non, elles ne saignent pas, elles irradient. Pour moi, déguster ce grain, c'est tenter d'absorber un fragment d'un monde lumineux perdu, ou disséminé dans le nôtre. Et ce grain de lumière m'aide à survivre. Pour Silvanus, je le sais bien, ce n'est qu'un fruit rafraîchissant.

— Victoria me quittera bientôt, tu le sais ?

— Oui…

Nous n'en dirons pas plus. Le silence se condense, sans peser. Silvanus reprend :

— Je suis bouleversé également par ce passage où Augustinus raconte comment, en août 386, dans le jardin de sa demeure milanaise, tout bascule pour lui. Certes, depuis plusieurs mois, il était tiraillé, désireux d'infléchir sa vie différemment, mais il ne savait comment y parvenir.

— Et que se passe-t-il ?

— Presque rien, c'est bien cela qui me stupéfie. Augustinus et Alypius viennent donc d'entendre le récit concernant la conversion de ces deux militaires. Ils vont s'asseoir sur un banc, adossés au mur de la maison. Alypius pose entre eux un petit codex, les lettres de l'apôtre Paul. Et soudain, il voit Augustinus en proie à une crise étrange : ce dernier s'agite, se débat, essaie de se contenir en serrant ses genoux entre ses mains, n'y parvient pas, se frappe le front et même s'arrache les cheveux... Et la délicatesse d'Alypius, sa capacité à deviner la métamorphose intérieure de son ami sont telles qu'il ne questionne pas, n'intervient pas, même s'il est inquiet. Il attend, il écoute ce qui ne peut se dire. Silencieux, Alypius, mais très présent. Brusquement, les larmes jaillissent. Un flot, une vraie tempête, écrit Augustinus. En lisant ces lignes, j'ai pensé à la membrure d'un navire assailli par des vagues monstrueuses. Sous l'effet de cette pression, Augustinus se lève, s'éloigne vers le fond du jardin et se réfugie sous un figuier. Les sanglots persistent, spasmodiques.

Le figuier... Sous lequel j'avais grelotté, en pleine nuit, juste après le terrible aveu : je vais me marier, il faut nous séparer. Six mois plus tard, une chaleur moelleuse, les fruits bientôt à maturité, odorants, violacés, et ce ruissellement de larmes. Des sanglots, reprend Silvanus, et même des cris, des gémissements, comme s'il appelait à l'aide. Alypius, toujours en retrait sur son banc, a la sagesse de ne pas bouger. Un répit, et voici que surgit un chant provenant du jardin contigu, un chant enfantin, une sorte de comptine – "prends et lis !" – oui, tel un refrain ponctuant un jeu : "prends et lis !"

Les deux jumeaux de la maison voisine ! Je me souviens très bien d'eux, ils avaient de jolies voix cristallines, presque des voix de filles, est-ce Flavius, est-ce Florus qui, tout en s'amusant, aura prononcé innocemment ce "prends et lis !" ? Silvanus poursuit : Augustinus revient vers le banc, s'empare du codex, l'ouvre au hasard et lit ce qui lui tombe sous les yeux : plus de coucheries, abandonnez tous les désirs charnels… Je résume de mémoire, ajoute-t-il, je n'ai ni le texte de l'apôtre Paul ni ce passage des *Confessions* sous les yeux. Augustinus n'a pas besoin de prolonger sa lecture. La lumière l'a envahi, il n'a plus l'ombre d'un doute… Comme tout paraît étrangement simple, tu ne trouves pas, ainsi résumé ? Durant des années, cet homme n'a cessé de s'interroger, d'étudier, ou de faire étudier, les meilleurs auteurs. Dans les temps qui ont précédé ce qu'on peut appeler une révélation, il écoutait régulièrement les prêches de l'évêque Ambrosius, lisait beaucoup, il était aux prises avec les textes de Plotin, un philosophe grec très difficile, et soudain il suffit d'une voix d'enfant, d'une menue chansonnette, toute bête, naïve…

— Et ensuite ?

— À son tour, Alypius lit dans le codex, là où son ami s'était arrêté : "Accueillez celui qui est faible dans la foi." Cette phrase s'applique parfaitement à moi, déclare-t-il aussitôt, comblé. Et voilà les deux amis qui se précipitent dans la chambre de Monnica pour lui raconter. Embrassades, effusions, pleurs de joie ! Monnica triomphe, Monnica exulte ! Elle attendait cet instant depuis si longtemps, elle avait tant prié, pleuré, pour qu'il advienne… Un rêve datant de plusieurs années était enfin accompli : dans ce songe, elle et son fils se tenaient ensemble "sur le tranchant de la règle de foi", une sorte de petite poutre.

Oh oui, je me souviens de ce rêve, et je me souviens comment, à Thagaste, Augustinus avait fermement résisté à son interprétation par Monnica. Les rêves maternels seraient-ils donc tout-puissants ? Il suffirait de les laisser mûrir et fermenter dans les souterrains de la mémoire, comme en une longue et lente grossesse ? Ou comme un vin qui se bonifie ?

Le silence. Silvanus avale une coupe d'hydromel, il semble avoir besoin de se réconforter après ce récit. Bizarrement, je pense à l'autre femme, l'inconnue, l'anonyme. Peut-être, au même moment, est-elle en train de trier des lentilles, ou d'aérer la literie, ou de laver du linge. Plus de coucheries, a dit l'apôtre… Lui aura-t-on immédiatement signifié son congé ? Ou l'aura-t-on autorisée à dormir encore une nuit ou deux dans un galetas avant de faire son baluchon et s'en aller je ne sais où ? Peut-être s'était-elle attachée à cet Africain à la voix chaude, aux yeux fiévreux ? Cet homme qui aimait l'amour. Et ne le ferait jamais plus.

Silvanus lui aussi rumine. Puis murmure :

— Et si cet enfant inconnu, de l'autre côté du mur, n'avait pas prononcé ce "prends et lis" ? Mais non, ma question est stupide ! Dieu avait tout déterminé à l'avance, Dieu l'avait même annoncé par le rêve prémonitoire de Monnica. En tout cas, c'est ce que laisse entendre le texte des *Confessions*…

Voix et visage les plus neutres possible, je relance :

— Et que s'est-il passé par la suite ?

— Bien que très éprouvé, Augustinus continue son enseignement jusqu'aux vacances de septembre. Puis il part se reposer à la campagne. À Cassiciacum, non loin de Milan.

Victoria arrive et nous sourit. Ce velouté de la peau, le moelleux de ses gestes, et cette lumière dans ses yeux… Il est clair qu'elle vient de faire l'amour. Je prends congé, j'emporte en secret la petite phrase d'Augustinus sur notre séparation : mon cœur fut déchiré, blessé, et se mit à saigner. La phrase était

un peu plus longue, je crois. J'en ai oublié une partie, peu importe, je la conserve telle quelle, précieux
viatique. Et puisque Victoria est rentrée de bonne
heure, j'ai le temps de monter jusqu'à notre falaise.
La petite phrase rythme allégrement mes pas. Bien
sûr, en arrivant sur le terre-plein, puis en longeant la
chapelle du bienheureux Cyprien, je repense à Monnica. Mais je la dépasse et j'avance jusqu'à l'à-pic,
je me penche – attention, Elissa, le vide attire… La
mer est insolemment gaie, j'avale une grande goulée de ce vent venu du large. De brèves lueurs de
joie écument en moi. Tu m'as aimée. Nous nous
sommes aimés.

Je longe le rivage, sur une plage proche de Carthage. Brise légère, odeurs salines, comme une promesse de bonheur. Soudain, surgie de je ne sais où, une femme marche à mes côtés. Je n'avais jamais vu la Méditerranée, murmure-t-elle, j'arrive du nord. Lorsque j'étais jeune, j'ai partagé la couche du rhéteur Augustinus. Il faisait l'amour sans amour, rien de plus triste. Il me pénétrait, puis s'évadait je ne sais où. Son cri de jouissance était cri de douleur.

La femme me sourit puis s'avance dans les flots. Une vague l'emporte, d'un preste coup de langue. Comme Tigris le faisait d'une mouche. Je me suis réveillée, embuée de tristesse. J'aurais aimé bavarder avec elle, peut-être aurions-nous pu devenir amies.

À Cassiciacum, le 13 novembre 386, tu fêtais tes trente-deux ans. À cette date, depuis deux semaines, j'étais de retour à Carthage. Malade, soignée par ma sœur-mère qui m'avait recueillie. Durant la traversée d'Ostie à Carthage, j'avais été plusieurs fois tentée de me laisser tomber dans les flots. Le couple auquel Paulina m'avait confiée veillait sur moi, ne me laissait jamais seule.

Pour la première fois, depuis quinze années, je ne te souhaitais pas ton anniversaire. Plus jamais également, je ne célébrerais celui de mon fils. Dépouillée de l'essentiel, engluée dans un nouvel accès de fièvre, j'essayais de vous imaginer dans ce lieu inconnu. Autour de toi, ta mère, ton fils, ton frère, ton ami Alypius, quelques jeunes disciples. Une journée et une lumière paisibles. Avec l'aide de ton frère, tu as rangé du bois dans le bûcher, en prévision de l'hiver. Navigius qui, à Milan, tournait en rond est tout content de pouvoir s'occuper utilement : il nettoie la grange, répare des clôtures. En début d'après-midi, Adeodatus et toi vous avez marché dans les vignes alentour, nues, noirâtres, tout en discutant. De la quête du bonheur, de la vérité ?

Le soir, ta mère t'aura préparé ton dessert préféré : un gâteau de semoule aux pommes. Adeodatus récite un poème composé en ton honneur, l'assistance applaudit. Vous buvez du vin nouveau, Monnica trempe ses lèvres, tu n'avales qu'une petite coupe. Tes amis, tes élèves te redisent combien ils savourent cette retraite agreste et studieuse – une vie monacale, ou peu s'en faut, sous l'égide d'une matrone efficace. Ils souhaitent que ta santé se rétablisse. Ton souffle et ta voix notamment. Sans lesquels tu ne saurais écrire.

Tu dors seul. Chastement ? Parfois, j'imagine, un rêve érotique te réveille : à qui songes-tu ? À cette brave remplaçante, la dernière femme que tu aies pénétrée ? À la jolie Florentia que tu ne défloreras pas ? À moi, la répudiée ? Mais non, tu as congédié les femmes. Sauf ta mère. Tu implores ton Dieu.

C'est moi qui soigne ma sœur, à présent. Elle ne s'est jamais remise de la mort de Marcellus. Elle crache un peu de sang, sa peau est de plus en plus transparente.

En cette fin d'été 409, la nouvelle d'une deuxième invasion en Italie l'a anéantie. Un nommé Alaric – un Goth venu du lointain Danube, un chrétien, arien – s'est approché jusqu'aux portes de Rome et n'est reparti qu'après avoir obtenu du Sénat le paiement d'un très lourd tribut. Durant le siège, la famine a été atroce : de jeunes vierges patriciennes se sont prostituées pour une poignée de blé, les pratiques cannibales n'étaient pas rares et le trafic de nourrissons comestibles florissant. J'ai repensé aux nouveau-nés sacrifiés à la déesse Tanit. Le mal, répétais-tu, ce mal épais, cette sombre substance qui nous englue.

Alaric reviendra, rabâche ma sœur, secouée par des crises d'angoisse, je préfère ne pas assister à pareille catastrophe. Rappelle-toi, Marcellus nous l'avait prédit : les chrétiens ont évincé les multiples dieux qui depuis des siècles protégeaient la Ville Éternelle. Elle s'effondrera.

Depuis que Silvanus m'a raconté cet épisode dans le jardin de Milan, ton trouble, la voix enfantine, la révélation et ta conversion et celle d'Alypius, je m'interroge : aurais-je préféré que tu me quittes pour ton Dieu plutôt que pour une fillette pourvoyeuse de richesses et de respectabilité ?

Mais peut-être ton Dieu se cachait-il derrière la gentille Florentia ?

J'arrive chez Silvanus, absorbé dans une nouvelle copie. Rustica, nerveuse, m'entraîne dans le jardin : Victoria semble résolue à partir, il faut absolument l'en empêcher ! Non, je n'interviendrai pas, elle seule peut décider où réside le bonheur. Mais si ce bonheur fait le malheur de l'autre ? proteste Rustica. J'esquisse un geste d'impuissance. Et je songe : si Augustinus a fini par trouver la félicité dans son Dieu, ce fut au prix de ma détresse.

Après la toilette, j'interroge Silvanus sur cette copie en cours. Un texte intitulé *La Vie heureuse*. Écrit par Augustinus il y a bien longtemps. Sans doute durant l'hiver 386-387, peu après ce bouleversement dans son existence, à Milan : le renoncement à sa carrière, au mariage, puis le départ à la campagne. Le jour de son anniversaire – trente-deux ans –, le temps est très couvert à Cassiciacum. Un froid humide, précise-t-il dans ce texte. Après un repas frugal, il suggère à sa mère, à son frère, à son fils et aux autres participants de se réunir dans les bains. Là, bien au chaud, ils échangent sur cette grave question : la recherche du bonheur.

Je me doutais, bien sûr, que ton trente-deuxième anniversaire n'avait pu se dérouler comme je l'avais imaginé. À cette époque si douloureuse, j'avais inventé afin de maintenir un lien entre nous, un si pauvre lien… Silvanus poursuit :

— À mon sens, ce dialogue est pour l'essentiel une fiction, comme le sont d'ailleurs les dialogues de Platon ou d'autres philosophes. Augustinus agence une habile mise en scène qui lui permet de dévider une dialectique subtile. Le frère, un peu balourd mais plein de bon sens. La mère qui intervient avec pertinence – comme un homme, souligne son fils. Et le jeune Adeodatus, fin, brillant, beaucoup plus que son ami Licentius, le fils de Romanianus et de Paulina. Le texte commence par les thèmes de la philosophie classique – la quête de la vérité, de la félicité – et s'achève quasiment sur ceux énoncés par Monnica : la foi, l'espérance, la charité. Un changement de langage significatif.

— Et ensuite ?

— Après quatre ou cinq mois dans cette maison de campagne, ils reviennent à Milan. Augustinus, Adeodatus et Alypius se préparent longuement au baptême. Ils le reçoivent des mains de l'évêque Ambrosius, dans la ferveur. Et, j'imagine, les larmes versées par Monnica durant tant d'années afin d'obtenir le salut de son fils auraient pu suffire à remplir la cuve baptismale…

J'esquisse un sourire. Ce n'est pas la première fois que j'entends Silvanus, tout bon catholique soit-il, énoncer une remarque teintée d'ironie sur la sainte mère : affleurerait-elle parfois, cette ironie, dans le récit écrit par son fils ? J'en doute.

— Au fait, je viens de m'en apercevoir : Augustinus est dans sa trente-troisième année lorsqu'il reçoit ce baptême. À l'âge où le Christ meurt, cet homme naît à Dieu. Peut-être sa mère lui avait-elle enfin trouvé un père spirituel, l'évêque Ambrosius ?

Et peut-être mon amour n'avait-il servi qu'à te donner soif d'un autre amour ?

Depuis si longtemps, tu n'as pas visité mes rêves.
Suis-je en train de mourir ?

Silvanus n'est pas seul aujourd'hui. Un secrétaire, employé au scriptorium de l'évêché, à Hippo Regius, est venu lui apporter des textes d'Augustinus. Je regarde avec avidité cet homme, un Numide au teint bistre, qui côtoie au quotidien l'être que j'ai aimé. Tiens, j'en parle au passé… Devrais-je rectifier, utiliser le présent ? Je ne sais plus.

L'homme précise qu'il s'agit de sermons prononcés durant ces derniers mois : l'évêque exhorte les fidèles à la charité et à la chasteté, leur prescrit d'observer le repos dominical, réservé à Dieu, de renoncer au cirque, au théâtre, aux fêtes païennes, aux libations avinées sur les tombes. Peut-être, ajoute le Numide, seras-tu, en recopiant, quelque peu lassé de cette répétition des mêmes thèmes.

— Mais si nécessaire, nous le savons bien. Ce n'est pas l'évêque qui se répète, ce sont les hommes.

Je me souviens combien tu fus parfois las d'enseigner, las d'énoncer chaque jour les mêmes règles et préceptes, aux gamins de Thagaste comme aux étudiants de Carthage, Rome, Milan. Eh bien, te voilà contraint au même rabâchage dans tes prêches…

Le visiteur poursuit : récemment, l'évêque a été sollicité pour un texte de nature très différente.

Son ancien mécène et ami de Thagaste, un nommé Romanianus, a perdu sa femme. À Rome, où le couple s'était établi après avoir séjourné quelques années à Milan. Il souhaitait qu'Augustinus rédige le panégyrique de cette Paulina. Une femme remarquable, paraît-il, bonne catholique. L'évêque s'est récusé car ce Romanianus, peu de temps après le décès, a pris une concubine. Tandis qu'il me dictait cette lettre, j'ai senti qu'il était malheureux de refuser. Il éprouvait, je crois, de la gratitude et même de l'affection envers ce Romanianus comme envers la défunte. Bien sûr, je le comprends, son statut d'évêque ne lui permettait pas de cautionner le concubinage qu'il avait récemment condamné dans ses prédications mais, tout de même, j'ai été surpris par la virulence du ton : quoi, tu es devenu l'esclave d'une femme et tu me demandes sans vergogne de chanter les vertus d'une chaste épouse, tu prétends même que cet éloge atténuera ton deuil !

Je retiens un cri d'indignation, je retiens mes larmes. Paulina est morte et tu ne veux pas célébrer sa mémoire… Mais rappelle-toi, elle t'avait donné l'hospitalité alors que ta très chère mère t'avait chassé de sa demeure ! Le Numide ajoute : cependant, précisait la lettre, si Romanianus se décidait à renvoyer sa nouvelle compagne, l'évêque chanterait volontiers les louanges de la disparue.

En voilà un marchandage ! Brusquement, je prends congé. Silvanus s'étonne de me voir partir si vite, tant pis ! Je descends vers le rivage, en pleurs, en rage. Paulina est morte, je l'aimais, je t'ai aimé, je te hais, Paulina disparue et sitôt remplacée – mais non, personne ne peut la remplacer – et toi, rigide, muré dans le silence, figé dans ton dogme, ta dignité épiscopale… Tu condamnes Romanianus, mais t'es-tu souvenu de cet homme à Milan, il y a vingt-deux ans, cet homme qui me chassa et mit aussitôt une autre femme dans son lit ? Tu le connais bien, tu as longuement exposé ses contradictions, ses faiblesses et sa misère dans tes *Confessions*. C'est cet homme-là que tu condamnes et punis à travers ton ancien protecteur, hein, avoue, toi le grand maître de l'aveu !

Eh bien moi, la femme sans nom de ces *Confessions*, moi l'inculte, je veux tenter de le composer, ce panégyrique. J'ignore les règles du genre, je sais seulement qu'elles sont très précises, peu m'importe ! La mer est doucement lustrée par le soleil déclinant, son odeur et son bruissement m'apaisent. J'ôte mes sandales et je marche à la lisière de l'eau. Un regard vers les deux seins, là-haut, j'avale une grande goulée d'air salin et je murmure, pour les vagues, pour les nuages et les oiseaux de passage :

Paulina était de petite taille mais grande par le cœur et par l'intelligence.

Elle fut une bonne catholique tout en s'efforçant de comprendre le manichéisme adopté par son époux sous l'influence d'un certain Augustinus.

Elle était capable d'échanger avec des lettrés.

Elle aimait la poésie, les belles étoffes, la cuisine végétarienne raffinée.

Elle éleva son fils Licentius avec amour et rigueur.

Elle m'a recueillie lorsque je sombrais dans la détresse.

Elle avait un beau visage de Junon, tendrement sculpté.

Ma sœur a préféré mourir avant la chute de Rome. Durant l'été, la nouvelle était parvenue à Carthage : Alaric, le barbare, le chrétien, ravageait une seconde fois l'Italie, se rapprochant de la ville réputée éternelle. Faonia, déjà très affaiblie, s'est alitée. Une fièvre violente, des phases délirantes : leur Christ monstrueux a tué nos dieux, plus rien ne nous protège… Elle crachait des mucosités sanglantes, s'étouffait, je ne parvenais même plus à la faire boire. Et la stagnation de la chaleur, cette moiteur dense, les flaques de sueur sur ce corps décharné…

Elle a rejoint Marcellus dans le cimetière du nord, sur la route d'Utica. Le lendemain, nous avons appris que Rome était tombée. Le 24 août 410. Après un siège encore plus atroce que le précédent. Famine et cannibalisme, de très jeunes esclaves tués, dévorés, des monceaux de cadavres s'entassant près des portes puisqu'il n'était plus possible de les enterrer dans les sépultures à l'extérieur de l'enceinte. Les rats, la puanteur et les épidémies. Puis la ville mise à sac, viols, pillages, massacres, bien que, dit-on, Alaric ait enjoint à ses soldats de se modérer…

Il poursuit sa progression vers le sud de l'Italie, les réfugiés commencent à affluer. Ce matin, après une livraison, je suis passée par le port. Un bateau vomissait sa cargaison : hommes, femmes, enfants, hébétés, souvent très maigres. Ils titubaient dans la limpide lumière de septembre comme s'ils ne pouvaient la supporter – mais le plus intolérable, ce sont peut-être les images scellées au fond de leurs yeux ? En remontant vers l'atelier, j'ai aperçu quelques femmes allongées sous un plaqueminier, épuisées. L'une d'elles allaitait – au moins ce nourrisson a-t-il échappé à des mâchoires humaines. Plus haut une famille de trois générations avait arrangé un semblant de campement dans l'angle d'un mur. Une vieille femme, exsangue, hululait faiblement en se balançant. Elle portait un manteau de lin magnifiquement brodé, en loques.

Selon Silvanus – que j'avais délaissé durant l'agonie de ma sœur –, l'évêque de Carthage recommande à tous les fidèles de venir en aide à ces nouveaux venus. Mais je ne vois ni les prêtres ni les autorités municipales organiser des secours. Tout le monde semble écrasé par cette catastrophe : Rome la superbe s'est effondrée ! Ses splendides monuments saccagés ! Les cadavres dérivant dans les eaux du Tibre…

Paulina et Faonia ont eu raison de mourir avant ce désastre.

Je dors de moins en moins depuis que je suis seule dans cette maison. Non que j'aie peur, mais le sommeil se dérobe. Très tôt ma mère m'a abandonnée. Augustinus m'a rejetée. Mon beau-frère puis ma sœur-mère m'ont lâchée. Mon fils m'a été arraché. Je me souviens combien Augustinus avait été bouleversé par ce nourrisson fraîchement sorti du ventre maternel. Si démuni, lui semblait-il, solitaire : telle je me sens au cœur de la nuit. Dépouillée, exsangue, expulsée. Dans la journée, je m'efforce d'accomplir les gestes indispensables du quotidien. Je suis étonnée d'y parvenir, de continuer à trotter pour assurer les livraisons, de discuter posément avec les clients, avec l'ouvrier. Lequel prend en charge, avec efficacité, l'essentiel du travail. Bien sûr je ne peux plus accepter autant de commandes qu'autrefois, mais j'ai de quoi payer cet homme correctement, et vivoter. Maigrement, peu m'importe. Silvanus me donne un coup de main pour les comptes, il m'affirme que, en faisant attention, je devrais pouvoir m'en sortir. J'objecte : il viendra un moment, inévitablement, où je n'aurai plus la force de gérer les commandes et surtout de livrer à gauche et à droite. Eh bien, rétorque-t-il, tu loueras l'atelier, la maison, et tu viendras vivre avec nous. Rustica en sera très heureuse, et moi également.

Le soir, après le départ de l'ouvrier, le vide devient vivant. Tellement proliférant qu'il m'interdit le sommeil. Je me lève et, à la lueur de la lune, je contemple des grenades entrouvertes. Ce scintillement paisible me réconforte un peu. Je m'installe au tour, je monte une petite cruche pour l'Adeodatus de six ou sept ans. Ou bien je lui modèle un animal, une tortue, un lézard. Je me souviens qu'Augustinus s'en voulait lorsqu'un lézard gobant une mouche captait son attention et je riais de son agacement : accepte de dériver, toi toujours le nez dans tes livres et tes cours ! Puis je reviens au tour, le chuintement devient berceuse, je me hâte de retourner vers mon lit, de sombrer si possible dans un rêve.

La nuit dernière, le tour n'a pas produit l'effet hypnotique espéré. Depuis ma chambre, j'ai cru entendre des voix confuses, des sanglots à demi étouffés, j'ai sursauté : tiens, j'ai dû m'endormir et un songe m'aura fait pleurer ou gémir. Non, les bruits persistaient alors que j'étais bien éveillée. J'ai allumé la lampe, me suis glissée dans l'atelier en explorant les recoins. Une odeur de sueur et d'urine m'a guidée : derrière la réserve d'argile, deux femmes étaient recroquevillées contre le mur du fond. L'une très jeune, d'une maigreur effroyable – quinze ou seize ans peut-être. Un regard, je ne sais comment dire – hébété ? terrifié ? L'autre a poussé un cri d'oiseau apeuré puis m'a suppliée : ma fille et moi avons fui l'Italie, nous ne connaissons personne à Carthage, laissez-nous dormir ici, nous ne toucherons à rien, nous ne sommes pas des voleuses mais de bonnes chrétiennes, si vous saviez quelle splendide demeure nous possédions à Rome, sur l'Aventin, tout a été pillé, saccagé, mon époux est mort torturé par les Goths, il ne voulait pas leur dire où étaient cachés notre or et notre vaisselle en argent, et elle, ma petite fille vierge… Un sanglot sec, le silence. J'ai cru comprendre.

Je leur ai apporté des paillasses, de l'eau fraîche, des galettes de millet. Toujours muette, la fille a bu avidement puis s'est effondrée sur sa paillasse. Déjà elle dormait. Elle est épuisée, elle mange si peu, a murmuré la mère, même avec moi elle ne parle pas, tout s'est refermé en elle depuis cette horreur, ce viol par cinq ou six Goths déchaînés.

Il n'y avait rien à dire. Je suis retournée dans ma chambre. L'Aventin ? La belle demeure du manichéen qui nous avait hébergés à l'automne 383 jouxtait cette colline. À l'époque, je trouvais déjà que le Tibre puait. Je n'ose imaginer les relents en ce début d'automne. Et les fièvres, et les épidémies.

Tôt ce matin, je rumine : leur proposer la chambre de ma sœur et de mon beau-frère ? Des chrétiennes dans le lit de ce couple qui fut si farouchement païen ? J'aurais aimé faire un saut chez Silvanus, en discuter avec lui. Pas le temps, l'ouvrier arrive de bonne heure, il râlera. À juste titre : l'encombrement, le dérangement, ces relents nauséabonds, un atelier de potier doit rester impeccable… Je les installe dans la chambre. La fille – elle se nomme Valeria –, toujours rigide, mutique. La mère, Emilia, me remercie avec effusion. Je suggère que nous nous rendions aux thermes. Emilia est réticente : des thermes publics ? Je comprends que, telle Paulina autrefois à Thagaste, elle a toujours disposé de bains à l'intérieur de son palais. Mais elle finit par en convenir, il n'est plus possible de mariner dans cette crasse.

Sur place, Valeria refuse farouchement de se dévêtir. Je l'aide à se laver, tant bien que mal, la protégeant des regards, soulevant discrètement des pans de sa robe – une soie d'Orient superbe, tout effilochée. Les os, si présents sous la peau transparente. Dans le tepidarium, elle se recroqueville entre sa mère et moi, s'endort, petit tas humide, chiffonné. Emilia me raconte : à la fin du siège, Alaric, ce chrétien barbare, avait fait savoir que seraient épargnés tous ceux qui se seraient réfugiés dans les églises. Aussitôt celles-ci ont été prises d'assaut, remplies à craquer par des juifs, des catholiques, des païens, entassés pêle-mêle dans la chaleur d'août, les ordures et les odeurs pestilentielles. Elle et sa fille l'ont su trop tard, elles ont essayé d'entrer dans la basilique de l'apôtre Pierre, se sont fait refouler et se sont terrées dans une cave. En vain… Elle ne comprend pas pourquoi elles n'ont pas été massacrées – comme si le viol avait suffisamment comblé les soudards d'Alaric ?

Entre deux colonnes, au fond du tepidarium, je vois passer Victoria, nue, superbe. Cette croupe sensuelle, cette démarche… Valeria me paraît encore plus étique.

Tu aimais la courbe de ma nuque, le parfum de mes cheveux. Ma passion des fleurs, des couleurs, la robe violette achetée à Rome, mes courgettes grillées sur la braise. Et ma patience, disais-tu. Tu aimais le terrier odorant de mes aisselles, mon rire, ma purée d'olives et d'anchois, le calme lisse de mon sommeil, ma discrétion tout au long du jour et mon impudeur dans la jouissance. Tu aimais m'entendre chantonner en me coiffant, rire et babiller avec notre fils. Tu aimais lorsque j'offrais mon visage à la pluie de septembre. Tu m'aimais.

Par le petit esclave de ses voisins, Rustica m'a adressé un appel au secours : Victoria a quitté la maison, définitivement. Seule à présent, Rustica a le plus grand mal à prendre soin de Silvanus, pourrais-je passer lui donner un coup de main ? Ces derniers temps, il est vrai, je fus absorbée par un surcroît de commandes et de livraisons. Plus la présence de ces deux femmes… Emilia m'a quelque peu agacée en m'interrogeant avec insistance sur ma vie passée. La femme solitaire que je suis lui paraît suspecte, j'imagine. J'ai fini par lui conter ma petite fable : un mariage, très jeune, la perte d'un enfant à la naissance, la stérilité et la répudiation, puis la cohabitation avec ma sœur et mon beau-frère, tous deux disparus. Emilia a compati. Tout en se lamentant sur son propre sort, elle m'a proposé de m'aider dans les tâches domestiques. Elle et sa fille manifestent une bonne volonté touchante mais il est évident qu'elles ne savent rien faire de leurs dix doigts, elles ont toujours eu quantité d'esclaves à leur disposition. Brusquement, en regardant Valeria, aussi mutique qu'émaciée, une idée saugrenue m'est venue : peut-être apprendrait-elle à s'occuper de Silvanus, à lui tenir compagnie ? Il lui serait bénéfique, me semble-t-il, de sortir des jupes et lamentations de sa mère, comme du ressassement de l'horreur.

J'en ai parlé à Emilia qui s'est aussitôt récriée : c'est impensable, après ce que ma fille a subi, laver le corps d'un homme, ses parties intimes, non non, jamais ! Eh bien, du moins pourrait-elle échanger avec lui, c'est un lettré et un catholique fervent, il a beaucoup lu, il transcrit les sermons de nos meilleurs évêques… Cet argument a porté, Emilia a fini par accepter que Valeria m'accompagne. Mais n'a pas voulu venir. Durant le trajet, j'ai raconté à Valeria la chute de cheval et la paralysie de Silvanus, le récent départ de sa femme. Elle n'a rien dit, comme à son ordinaire – au mieux répond-elle par monosyllabes. Rustica nous a accueillies dans le jardin, sous un soleil de février déjà tiède, amical. L'amandier était en fleur, fragile et tenace. Rustica nous a proposé des figues sèches, du lait de chèvre. Très étonnée, j'ai vu Valeria avaler quelques gorgées puis mâcher, lentement, deux ou trois figues. Je les ai laissées toutes deux sous l'amandier, l'Africaine râblée à la peau sombre, la Romaine livide et décharnée, et je suis allée embrasser Silvanus, tendrement. Victoria a bien fait de s'en aller, m'a-t-il confié, je ne supportais plus de sentir sur elle l'odeur de l'amour. Sans doute je l'imaginais, ce relent, mais ce n'était plus tolérable, ni pour elle ni pour moi. Je suis triste mais, peut-être, moins malheureux qu'avant.

Je lui ai dit que je comprenais. Puis je lui ai raconté les atrocités subies par Valeria et sa mère. Rustica a apporté l'eau chaude pour la toilette. Elle et moi nous nous sommes mises au travail tandis que Valeria restait sur le seuil. Silvanus l'a saluée, gentiment. Surprise à nouveau, je l'ai entendue répondre et même poser à Silvanus des questions sur son travail : elle avait repéré les tablettes enduites de cire, les manuscrits sur la table et les livres sur les étagères. Son visage était moins pierreux, m'a-t-il semblé. Séparée de sa mère, cette fille mange, et parle. Un peu du moins.

Adeodatus me réveille : maman, Tigris s'est échappée, vite vite, il faut partir à sa recherche ! Nous sortons de la maison, puis de Thagaste. La nuit commence à se diluer, nous marchons le long de la vigne. Tigris ! Tigris ! hurle mon fils. Nous dépassons le vieux poirier, si vieux qu'il ne porte plus aucun fruit. Tigris, viens ma belle, viens ! Adeodatus essaie de siffler, maladroitement. Le jour se lève, la brume aussi, elle monte de la vallée, de plus en plus dense, je ne vois plus mon enfant, je ne l'entends plus appeler, et soudain je comprends, cette brume c'est celle de Milan, elle m'a séparée de mon fils, elle est en train de l'ensevelir, une brume linceul, et c'est moi qui hurle : Adeodatus ! Adeodatus ! Si fort que je me réveille.

Afflux de larmes.

Je ne sais toujours pas qu'il a disparu. Pour de vrai, comme il disait, enfant. Non, je ne le sais pas, bien qu'Alypius m'ait raconté la brève maladie, l'agonie, l'enterrement. Si j'avais pu être présente, si j'avais lavé son corps avant la mise au tombeau, est-ce que je croirais en cette mort comme toi, son père, tu crois en ton Dieu ? Mon fils qui avait été séparé de sa mère, puis avait perdu sa grand-mère, en si peu de

temps. Nulle femme autour de lui durant son agonie. Décédé sans avoir connu de femme…

Je sors du lit, tourne en rond dans l'atelier après
avoir posé la lampe à côté du tour. Les ombres dis-
tordues des amphores palpitent sur le mur. Je m'en
détourne, commence à pétrir et humidifier une
motte d'argile. Puis je m'installe au tour et déclenche
le ronronnement. Une ombre filiforme se glisse
parmi les figures ventrues, s'approche. Continue,
murmure Valeria debout derrière moi, continue,
j'aime cette musique, elle m'apaise.

Au cours de ce printemps, Valeria m'a souvent accompagnée chez Silvanus. Grâce à lui, grâce au calme robuste de Rustica, elle s'est peu à peu dénouée. Depuis deux mois, elle et Silvanus lisent les Évangiles, alternant leurs voix. J'écoute, tout en ravaudant ou en époussetant la bibliothèque. Certains passages me paraissent beaux. Tendres même. Cet homme nommé Jésus et ses disciples marchent sur les routes, de bourgade en bourgade, un peu à la manière de nos Élus – bien sûr ni Silvanus ni Valeria n'admettraient pareil rapprochement… Silvanus commente un passage, Valeria pose des questions, discute, avec aisance et fermeté. Je devine qu'elle a reçu une éducation soignée. Il lui arrive de me dire : Elissa, arrête donc de jouer les Marthe, toujours à ton ménage ou à ta couture ! Viens t'asseoir avec nous et t'imprégner, comme Marie, de la parole du Seigneur. Je refuse. Au fond de moi une voix clame que, à ma façon, je demeurerai fidèle au manichéisme, en dehors de tout rite et de toute communauté. En tout cas, je me réjouis que Valeria semble émerger de sa détresse. Même si persiste, et sans doute à jamais, la petite fille blessée, ravagée. Chaque semaine, discrètement, Silvanus me donne une somme pour contribuer à l'entretien des deux femmes.

Aujourd'hui, en arrivant chez lui, nous croisons un homme très grand, très blond, qui sort de la maison, un mince rouleau sous le bras. Il nous salue au passage – un accent bizarre que je suis incapable d'identifier. Une taille et une carrure impressionnantes. Sous la pâleur cendrée de la chevelure, un étrange regard bleu-vert. J'interroge Silvanus : d'où vient-il donc ? Ce ne peut être un Italien : même à Milan – le grand Nord à mes yeux – je n'ai jamais vu d'homme de ce type ! Et ce regard marin…

Silvanus sourit : eh bien, justement, il se nomme Pélage – la haute mer en grec. Il arrive de cette île immense, la Bretagne, séparée de la Gaule par la mer. C'est un moine lettré, estimé. De sa lointaine île septentrionale, il est venu à Rome, où il s'est fait connaître auprès de chrétiens cultivés par ses positions sur le libre arbitre. Connu, et controversé. Lorsque la menace barbare s'est précisée, il a fui précipitamment, comme tant d'autres. Il voulait rejoindre Carthage, le bateau qu'il a pris à Ostie l'a débarqué à Hippo Regius.

— Et donc il a rencontré l'évêque ?

— Non, car à cette date Augustinus, souffrant, s'était retiré à la campagne. Par la suite, l'évêque d'Hippo Regius s'est rendu à Carthage, où il réside encore en ce moment, pour une grande assemblée épiscopale concernant, une fois de plus, les schismatiques africains, ces fameux, farouches donatistes. Les débats sont tellement tendus, et l'enjeu si grave, qu'Augustinus n'a pu trouver un seul instant pour une entrevue avec le nommé Pélage.

— Peut-être ne le souhaitait-il pas ?

— Peut-être, mais il détenait une bonne excuse… Pélage a donc consulté le secrétariat épiscopal de Carthage, qui l'a orienté vers moi : il cherchait des textes d'Augustinus concernant le péché originel, le salut et la grâce. J'ai copié pour lui quelques passages susceptibles de l'éclairer, il vient de les emporter. Nous avons échangé sur ce qui les oppose. Augustinus place toute sa confiance dans la grâce divine, laquelle peut atteindre l'être le plus humble, le plus déshérité, dépourvu de tout mérite. Pélage, si j'ai bien compris, ne considère pas la nature humaine comme radicalement déchue. Il accorde une place notable à la volonté et aux efforts de chacun, dans le sillage des stoïciens si on veut : une façon, peut-être, de concilier la bonne vieille tradition païenne et la religion chrétienne ?

— Et il rejette la grâce ? demande Valeria.

— Pas totalement… Il admet qu'elle puisse être une aide mais il tente d'établir un équilibre, un compromis si tu préfères, entre la puissance divine et la liberté humaine.

— Périlleux, cet entre-deux, murmure Valeria.

Eh oui, je me souviens : dans l'amour comme dans les controverses, tu n'as jamais toléré la tiédeur, les compromis…

— Pélage, reprend Silvanus, ne croit pas à cette belle et triste histoire d'un couple chassé du paradis après avoir failli. La grâce ne lui paraît donc pas indispensable pour racheter cette supposée faute originelle.

Cette belle et triste histoire que ta mère te racontait, j'imagine, lorsque tu étais un petit garçon bouillonnant d'angoisses et d'interrogations.

— En tout cas, il est bien dommage que le nommé Pélage et l'évêque d'Hippo Regius n'aient pu s'entretenir, j'aurais aimé assister ! Ils sont également en désaccord sur le douloureux problème des enfants morts sans avoir été baptisés : aux yeux d'Augustinus, ils sont condamnés. Tout à l'heure, Pélage me confiait qu'il ne pouvait supporter cette idée.

Moi non plus ! Eh bien, j'aurais dû devenir amoureuse de ce géant venu du nord, de sa chevelure blonde et de son lointain regard marin, plutôt que de cet Africain au teint mat, aux yeux sombres. Mais si vifs, si brûlants…

— Et tu penses le revoir bientôt, ce Breton égaré en Afrique ?

— Non, il embarque demain pour la Palestine. Son projet est de rencontrer Jérôme à Bethléem : un moine lui aussi, il traduit la Bible. Très probablement, tous deux discuteront de ces graves questions. Là encore, j'aurais souhaité pouvoir être présent !

Valeria paraît troublée :

— Mais c'est quoi, cette grâce, selon l'évêque d'Hippo Regius ?

— Je ne sais au juste. Comme un grand vent qui soulèverait l'âme, la ferait danser, peut-être ?

Ce paralysé évoque la plénitude du mouvement… Je suis émue. Valeria également, ai-je l'impression. Elle revient à la charge :

— Ne pourrais-tu nous lire un texte qui nous éclairerait ?

Silvanus hésite, cherche sur la table, s'empare d'un parchemin et se met à lire. Très vite, je reconnais ce fragment : le récit par Augustinus de ces mouvements tumultueux qui s'emparent de lui dans le jardin de Milan. La chaleur estivale et le banc de pierre. Le figuier odorant, la voix d'enfant. Et ce moment où, disloqué, Augustinus s'ouvre, puis ouvre le livre de l'apôtre Paul… Un silence. Valeria murmure :

— C'est un beau passage, très émouvant. Mais le terme de grâce n'est pas prononcé.

— Non… Pourtant on peut l'imaginer, diffuse, à travers toutes ces images : une énorme bourrasque, puis une lumière bienfaisante. Elle bouscule et brûle cet homme, presque malgré lui, l'arrache à sa répétitive pesanteur. Il cède. Par la suite, rien ne sera plus comme avant. De cette expérience lui reste la certitude que l'homme ne peut rien sans Dieu. Et il n'en démordra pas : Dieu est venu le débusquer, lui le faible Augustinus. Certes, Dieu lui avait donné au départ la volonté de chercher, de comprendre mais, sans l'intervention divine, cette volonté tournait en rond, s'enlisait. Il en avait fait la douloureuse expérience durant les années précédant ce moment de révélation.

Ces années où je fus présente, de plus en plus impuissante… En moi, la pulsation d'une vieille douleur. Puis la voix fraîche de Valeria, vibrant d'une ferveur que je ne lui connaissais pas :

— En tout cas, Silvanus, tu lis très bien ! Avec tellement de chaleur ! Et ce sens du rythme…

— Ce n'est pas moi, c'est le texte lui-même qui détient cette pulsation. Augustinus pense en rythme, musicalement pourrait-on dire. Il utilise avec beaucoup d'habileté les classiques procédés rhétoriques mais il les renouvelle par l'impulsion profonde de sa réflexion et de sa sensibilité.

Ils se sourient. Un fugitif moment de grâce entre ces deux-là, blessés au plus intime de leurs corps. Une grâce bêtement humaine. Si fragile, et si précieuse à mes yeux. Par la porte entrouverte, nous parvient la respiration lointaine du ressac. Silvanus nous annonce que, à la fin du mois, l'évêque d'Hippo Regius prêchera à la basilique Restituta.

— Ma mère désirera certainement entendre ce sermon. Déjà, à Rome, nous avions entendu parler de cet évêque africain et de ses talents oratoires. Je ne sais pas où se trouve cette église, tu voudras bien nous montrer le chemin, Elissa ?

À contrecœur, en ce 29 juin, j'accompagne la mère et la fille jusqu'à la basilique Restituta. À l'entrée je résiste – non, je n'ai pas envie de te voir, de t'entendre ! Emilia et Valeria m'entraînent à l'intérieur. Beaucoup de réfugiés : dix mois après le drame, on les repère à leur maigreur, à leur teint encore blême. Sans doute sont-ils venus en quête d'une consolation.

Tu es assis sur la cathèdre, un peu tassé. Comme tu as vieilli… Cinquante-sept ans, bientôt. Les traits tirés, l'ossature du visage plus anguleuse. Toi aussi tu es blafard. Je devine le squelette sous la peau fatiguée – je sais, récemment tu as été malade, mais je ne veux pas que la mort t'habite, non non ! Tu es tassé sur cette cathèdre, et pourtant je te sens prêt à bondir, attaquer. Autrefois, je savais deviner ces tensions, ce ramassé précédant l'assaut, oratoire ou érotique… Tu te lèves, frêle et digne dans ta longue tunique, tu t'avances vers la foule. Chaleur et silence se densifient. Tu prononces quelques paroles de bienvenue et de compassion : l'Église catholique accueille tous ceux qui souffrent. Puis, très vite, je devine que tu es résolu à défendre cette Église contre ceux qui, depuis la chute de Rome, l'attaquent avec encore plus de virulence. Ta voix enfle, véhémente : si Rome a été saccagée par les Barbares, ce n'est pas parce que les anciens dieux en avaient été chassés et ne pouvaient plus la protéger, comme se plaisent à le proclamer les païens, non ! Bien au contraire, Alaric a respecté le droit d'asile dans les églises, notamment celles des apôtres Pierre et Paul, que nous célébrons aujourd'hui (ainsi, il ne te répugne pas d'utiliser pour ta propre cause ce Barbare, hérétique de surcroît…). Ce qui a été détruit, ce n'est nullement une ville supposée éternelle, mais des constructions de pierre et de bois, vouées à s'effondrer et à disparaître comme tout ce qui naît de l'homme. Certes, des atrocités ont été perpétrées, pillages, incendies et massacres : telle est l'ordinaire loi de toute guerre, déjà à l'œuvre dans l'*Iliade* et l'*Énéide*, ces récits païens… Et soudain je te revois – trente ans de cela environ –, tu lis avec Adeodatus le passage sur l'incendie et la chute de Troie contés par Virgile, ta voix est douce, notre fils t'écoute avec attention, il répète après toi, imitant tes intonations, et à l'époque je songeais : mon petit garçon déjà plongé dans les horreurs de la guerre, dans la lave en fusion du mal… Brusquement ta voix d'aujourd'hui, impérieuse bien que légèrement éraillée, m'atteint, me blesse : beaucoup de Romains ont perdu leurs biens ? Ce qui importe, ce n'est pas la possession mais la richesse intérieure et la charité. À côté de moi, Emilia se crispe – revoit-elle son beau palais sur l'Aventin ? Elle sursaute lorsque Augustinus évoque ceux qui sont morts sous la torture plutôt que de révéler où étaient dissimulés leurs trésors, elle agrippe le bras de sa fille. Une fin atroce, certes, poursuit la voix tenace, mais s'il faut souffrir le martyre c'est pour le Christ et non pour de l'or… Je ne supporte plus – cette odeur de sueur, de putréfaction presque –, je murmure à l'oreille d'Emilia : il fait trop chaud, nous devrions sortir, Valeria me paraît à bout de forces. Sa mère secoue la tête, farouchement. Les cadavres laissés sans sépulture, à présent. L'essentiel, assènes-tu, ce n'est pas un tombeau somptueusement orné mais de renaître en Dieu puisque, les chrétiens en sont assurés, toute chair sera ressuscitée… La moiteur épaissit, l'air devient irrespirable. Et ces relents d'aisselle – de charnier, ai-je soudain l'impression. La chaleur et une hargne sourde croissent encore, des remous houleux autour de nous, je n'en peux plus, je presse à nouveau Emilia de partir, sa fille est de plus en plus exsangue. Non, gronde la mère, mâchoires serrées, et je ne sais si ce "non" s'adresse à moi ou à l'homme en train de prêcher. Il n'ignore pas, poursuit-il, que beaucoup ont connu l'épreuve de la famine, mais n'est-elle pas une leçon d'abstinence ? J'ai envie de ricaner – à l'époque où nous tentions d'observer les préceptes manichéens, tu ne parvenais pas à jeûner plus de trois jours ! Derrière moi une femme marmonne : on voit bien qu'il n'y était pas, lui, à Rome, lorsque nous déterrions des racines ou dévorions des rats crevés… Un gémissement étouffé sur le bas-côté, un bruit de chute, on emporte une femme évanouie. Tu continues, imperturbable, et je crois comprendre : tu as décidé de retourner, un à un, tous les griefs énoncés par les païens contre les chrétiens à la suite de la catastrophe, tu ne nous feras grâce d'aucun ! Toi, le redoutable rhétoricien, tu mèneras ce renversement jusqu'à son terme. Alors qu'il conviendrait de se taire, et de pleurer tous ensemble, les victimes et nous.

Tu continues, visage émacié, regard fiévreux, et je sens venir le pire, et j'ai envie de te crier : non non, arrête ! C'est bien ce que je craignais, les femmes violées… L'essentiel, affirmes-tu fermement, est que la chasteté de l'âme ait été préservée. Que la chair, même violentée, ne se soit pas émue. Je suffoque. Valeria ne peut retenir un haut-le-cœur, elle s'affaisse. À mi-voix, sa mère implore des secours. Quatre femmes réussissent à soulever le corps, je soutiens la tête, des glaires visqueuses stagnent sur le menton. Près de la porte, des hommes nous relaient. Dehors, à l'ombre sous un porche, plusieurs personnes sont allongées, livides. Des proches s'efforcent de les ranimer ou de les réconforter. D'autres apportent de l'eau dans une outre. On donne à boire, on nettoie les visages et les corps souillés. Des râles, des sanglots. Je te vomis.

Ta voix crisse encore en moi. Il y avait de la pierre, et du fer, dans tes intonations. Elles m'écorchaient. Ce n'est pas la voix que j'ai connue. L'homme que j'aimais versait volontiers des larmes. Quand il croisait un animal blessé. Lorsqu'un passage de Virgile l'émouvait. Ou lorsque notre fils, vers quatre ou cinq ans, s'entailla le genou et saigna abondamment. Et je t'ai vu avec des yeux humides le soir où tu me racontas la destruction de Carthage par les Romains : c'était après une belle journée à la plage, tous les trois, au retour, nous nous étions arrêtés devant le sanctuaire de la déesse Tanit, la dévoreuse de jeunes enfants. Tu as oublié, bien sûr. Oui, ce soir-là, tu avais pleuré sur l'atroce anéantissement de Carthage. Mais à présent, tu ne pleures pas sur Rome, sur les affamés, les torturés, les violées, sur les nourrissons ingurgités – damnés par-dessus le marché –, sur les innombrables victimes d'Alaric, mortes ou survivantes ?

Mon malaise, mon indignation, je les dis à Silvanus, en présence de Valeria. Ce mois de juillet 411 est torride. Un ciel blanc, pétrifié. Nous sommes installés dans le jardin, à l'ombre du grenadier, buvant sans parvenir à nous désaltérer. Silvanus est au courant : ce prêche a provoqué des remous dans la ville, chez les païens comme chez les chrétiens. S'il comprend bien, l'évêque d'Hippo Regius nous enjoint de ne pas céder à l'émotion. Il nous incite à prendre du recul, à situer ces événements tragiques dans le cours de l'Histoire mais surtout sous le regard de Dieu. Augustinus nous rappelle combien ce monde est périssable, il s'effrite constamment puis s'écoule, tel le sable.

Valeria écoute avec attention. Je suis stupéfiée lorsqu'elle murmure : je crois comprendre ce que tu veux dire, un peu du moins… Son évanouissement aurait-il effacé les paroles prononcées par Augustinus ? Mais non, à l'entendre discuter, je constate que, pour l'essentiel, elle se souvient de la teneur de ce sermon. Silvanus, toujours bien informé grâce à ses relations avec le secrétariat épiscopal de Carthage, essaie de nous expliquer : c'est une période très difficile pour les évêques africains. Depuis la chute de Rome, l'Église catholique est encore plus violemment attaquée par le parti païen. Certains aristocrates romains avaient senti venir le péril barbare, ils avaient traversé la mer avant l'invasion, préservant leurs fortunes, s'installant à Carthage ou dans leurs immenses domaines africains. Ces patriciens cultivés, très influents, font circuler des textes affirmant qu'on ne peut diriger l'État si on est chrétien : les préceptes de l'Évangile sont incompatibles avec l'exercice du pouvoir. Dans un libelle récent, l'un d'eux soutient même que, depuis le triomphe de ce dieu crucifié, la vie est moins douce, le style des livres plus négligé – pas ceux d'Augustinus ! commente Silvanus –, les monuments civils sont construits avec moins de soin, les fruits n'ont plus la même saveur, la lumière est moins éclatante et les femmes moins belles…

Valeria hausse les épaules en esquissant un sourire – c'est si rare ! Bien entendu, poursuit Silvanus, l'évêque d'Hippo Regius ne peut laisser sans réponse de tels propos. À la fin de l'hiver, il a été malade. Au point de partir se reposer durant plusieurs semaines à la campagne : il devait être gravement atteint car, en dehors des conciles et des indispensables tournées épiscopales, il déteste les voyages et répugne à quitter son évêché. Malade ? Les hémorroïdes ? La gorge, une crise respiratoire ? Est-ce pour cette raison que ta voix était si sèche, métallique ?

L'étoffe qui recouvre les jambes de Silvanus a glissé jusqu'au sol. Plus prompte que moi, Valeria se lève, la ramasse et l'ajuste autour des hanches infirmes. Ses gestes sont doux et sûrs – tiens, pour la première fois, je la vois toucher ce corps meurtri. Silvanus poursuit : et donc Augustinus est arrivé encore convalescent à Carthage, au tout début mai. Un âpre combat l'attendait, je vous en ai déjà parlé le jour où le moine Pélage m'a rendu visite. Avec Aurelius, l'évêque de Carthage, Alypius, celui de Thagaste, et de nombreux prélats, il devait préparer cette confrontation avec les évêques donatistes afin d'éradiquer ce schisme qui ravage l'Église africaine depuis plus d'un siècle. Un enjeu crucial ! L'affrontement a eu lieu sous l'égide d'un haut dignitaire venu d'Italie, chargé d'arbitrer : Rome a été en partie saccagée mais les rouages de l'administration impériale continuent à fonctionner avec rigueur. Selon ce que les secrétaires d'Aurelius m'ont rapporté, les débats ont été très rudes, très procéduriers. Ils se sont achevés trois jours seulement avant ce prêche auquel vous avez assisté. D'où, probablement, cette fatigue et cette tension extrême chez Augustinus, contraint de faire face en même temps aux attaques des païens et à ce grave conflit interne. Lui et ses collègues ont obtenu la condamnation officielle des prêtres et des évêques rebelles mais, je le crains, dans les petites villes et les villages, les affrontements se poursuivront, avec férocité. L'évêque d'Hippo Regius espérait que, par l'amour, la persuasion, et surtout par l'intervention de la grâce divine, ces âmes rétives consentiraient à revenir dans le sein de l'Église catholique. Mais, comme on sait, la grâce est arbitraire, elle ne se manifeste pas dans les moments où elle serait si nécessaire… Peut-être l'évêque est-il resté meurtri d'avoir été obligé de recourir aux autorités civiles pour régler la question ? Le temporel au secours du spirituel, une victoire au goût amer ? Certes, Augustinus et Alypius ont insisté pour que des violences physiques, la torture notamment, ne soient pas exercées sur les donatistes récalcitrants. Mais déjà, afin de protester, certains se sont donné la mort, s'immolant par le feu.

Et dire que les catholiques traitent les Élus manichéens de fanatiques illuminés… J'aurais envie de rétorquer : non pas illuminés, mais en quête de lumière, tentant d'échapper à cette noirceur qui menace de nous submerger, invasions barbares ou luttes religieuses féroces. Nous nous taisons, comme épuisés. Rustica pose sur la table des fruits, une gargoulette emplie d'eau. Le vent nous apporte l'apaisement d'une fraîcheur marine.

De bonne heure j'ai livré du côté du port, chez un commandant de vaisseau qui est depuis longtemps un de mes meilleurs clients. Laurentius transporte des marchandises de Carthage à Hippo Regius en passant par les ports d'Hippo Diarrhytus et de Thabraca. En fait, je l'avais déjà rencontré, il y a très longtemps, dans la petite communauté de manichéens que nous fréquentions Augustinus et moi. Il m'a reconnue mais ni lui ni moi n'évoquons jamais cette période. Après avoir vérifié l'état des gobelets et des cruches, il m'a payée en arrondissant généreusement. Puis il a hésité avant d'ajouter :

— Tu ne viens plus à nos réunions, tu as peur ? Nous nous regroupons clandestinement dans la cave d'un des nôtres, nous sommes à peine une dizaine, nous chantons les hymnes. Ce qui nous réconforte, nous les pourchassés. Tu aimais chanter autrefois, Elissa, tu avais une belle voix…

Je fus très étonnée qu'il s'en souvînt :

— Non, je n'ai pas peur. Mais la clarté est partout, diffuse. Je m'en nourris et la chante en silence. Non, je n'ai pas envie de m'enfermer dans une cave pour la célébrer, je le fais en marchant, en contemplant la mer, le ciel.

Laurentius a souri, a murmuré gentiment :
— Solitaire parmi les hérétiques…
— Si tu veux.

Valeria m'a demandé de lui apprendre à cuisiner. Tandis que sa mère sieste, je lui montre comment rouler la semoule entre les paumes, séparer patiemment les graines agglutinées afin d'obtenir, peu à peu, une coulée fluide. Les gestes lui viennent aisément – ça me plaît bien, dit-elle, c'est comme jouer avec du sable, en plus ça sent bon et c'est agréable au toucher. Et toi, Elissa, tu préfères le contact de la terre ou celui de la semoule ?

— De la terre. J'aime sa façon de résister puis de céder, amicalement. Un peu comme un chat sous la caresse.

— À Rome, j'avais une petite chatte.

Pour la première fois je l'entends évoquer le temps d'avant l'horreur. Elle a pris un peu de poids, sa peau est moins terne. Aux thermes elle accepte de se dénuder. Elle a de jolis seins dodus mais pourra-t-elle un jour laisser un homme les caresser, la pénétrer ? Sur le tard m'est venue une fille à qui transmettre – ne serait-ce que la préparation des céréales ou le dosage des épices.

Ce printemps 412 fut très humide et durant les deux semaines où je fus clouée au lit par une crise de rhumatismes, Valeria a su prendre soin de moi.

En même temps, contre l'avis de sa mère, elle s'est rendue plusieurs fois chez Silvanus. Elle a donné un coup de main pour les toilettes et Rustica m'a glissé ensuite : ça s'est très bien passé, aucun embarras, ni pour elle ni pour lui. Ce qui me rassure un peu. Je me sens vieillir, la soixantaine approche, bientôt je n'aurai plus la force d'aider à soulever un corps inerte. En tout cas, j'imaginais très bien Rustica, avec sa subtile douceur de femme massive, s'employant à faire le lien entre un homme paralysé et une fille saccagée.

— Ma chatte est morte, bien sûr. Quelqu'un l'aura attrapée pour la dévorer.

Coulent la semoule, et le silence. Plus tard, une petite voix :

— Je ne comprends pas, Elissa. Dieu aime les hommes, c'est ce qu'on m'a appris lorsque j'étais enfant. Et pourtant Dieu a laissé faire…

Muette, j'humecte légèrement la graine.

— Pourquoi Dieu a-t-il permis ces atrocités ?

— Je ne sais pas, Valeria. Demande à Silvanus.

— Je l'ai déjà interrogé. Il a eu l'air embarrassé. Peut-être l'évêque d'Hippo Regius saurait-il répondre à cette terrible question, c'est tout ce qu'il a trouvé à me dire.

Et voilà Augustinus qui resurgit tandis que le sablier de la semoule poursuit son glissement paisible. J'essaie de n'entendre que ce chuintement, de refouler la voix rauque du sermon – un an de cela bientôt –, la voix à la fois agressive et fatiguée qui m'écorchait. Qui me poursuit.

Hier, Silvanus évoquait Alypius, toujours évêque de Thagaste, toujours le soutien et le complice d'Augustinus lors des controverses et des âpres batailles menées par l'Église d'Afrique. Cette amitié, cette complicité, ai-je songé, qui datent de l'adolescence. Depuis peu, Alypius est comblé. Une jeune femme de l'aristocratie romaine, chrétienne fervente, et détenant l'une des plus grandes fortunes d'Italie, a fui l'invasion avec son mari. Ils ont d'abord trouvé refuge dans leur palais sicilien. Alaric poursuivant sa progression vers le sud de l'Italie et menaçant de traverser le détroit de Messine, le couple a préféré quitter la Sicile pour l'Afrique. Ils ont rejoint Thagaste, où cette Melania possède également d'immenses domaines. Elle a offert de somptueux ornements à l'église locale. Et surtout, elle a fondé et doté deux importantes communautés, l'une d'hommes, l'autre de femmes. Eh bien, ai-je songé, Alypius doit être heureux : son modeste diocèse aura été le bénéficiaire indirect des exactions d'Alaric.

Valeria en a parlé à sa mère. Qui s'est aussitôt exclamée : j'ai bien connu à Rome une tante de cette Melania ! Il faut que je parvienne à la joindre – une communauté de femmes chrétiennes, préservée, dans un lieu retiré, c'est exactement le havre qu'il nous faut après tant d'épreuves. Et depuis un an et demi, nous t'avons suffisamment encombrée, Elissa.

Le torrent nous éjecte, mon fils et moi. Le torrent dans la montagne au-dessus de Thagaste. Étrangement, nous ne sommes même pas mouillés. Nous remontons son lit par un sentier sinueux. Plus haut, Tigris et Augustinus nous rejoignent et je me dis : tiens, il y a longtemps que nous n'avions pas été réunis, tous les quatre. Nous nous arrêtons pour contempler ces eaux vives, leurs tumultes et tressautements, cette hâte sinueuse et les remous d'écume dans les étranglements. Sous les transparences du courant, des rochers aux pelages de grosses bêtes archaïques. Les eaux dévalent, prestes, agiles. Elles bondissent et jubilent. Je me tourne vers Augustinus : j'aimerais tant me laisser emporter avec toi par ce flot. Ce flot impatient de rejoindre la mer, me répond-il, et je rétorque : comme toutes les eaux... La chienne saute brusquement dans le torrent, patauge, ressort et se secoue en aspergeant notre fils, il piaille – c'est froid, maman, c'est froid ! Nous continuons à grimper, atteignons l'arbre aux deux fûts. L'arbre à la fois uni et divisé. Il s'est fendu jusqu'à la base, s'est effondré, commence à pourrir. Je me réveille, en larmes.

Mais pourquoi a-t-il donc fallu que Silvanus nous parle de Thagaste...

Et tout s'est précipité. Par l'intermédiaire du secrétariat épiscopal de Carthage, Silvanus a écrit à Alypius, lui parlant du désir d'Emilia de trouver place avec sa fille dans la communauté de femmes fondée par la richissime Melania. Laquelle a répondu : bien sûr elle se souvenait d'Emilia, elle accueillerait volontiers les deux réfugiées.

J'étais en train de montrer à Valeria comment confectionner la soupe de fèves. Tout en ciselant la menthe, Valeria a laissé tomber d'une petite voix tranquille :

— Je n'irai pas à Thagaste, maman, je reste ici.

— Ici ? Tu veux dire chez Elissa ?

— Non. J'ai décidé de vivre avec Silvanus.

Stupeur, puis fureur d'Emilia. Et certes je pouvais compatir : après tant de deuils, de drames, être séparée de son unique enfant. En même temps, je comprenais pourquoi, depuis quelques semaines, Valeria mangeait avec plus d'appétit. Et cette vivacité du regard ! Et le lustré de ses cheveux, jusqu'alors si ternes. Et pourquoi elle avait voulu apprendre à cuisiner.

Nous avons avalé en silence la soupe de fèves. Valeria est partie se coucher. J'ai tenté de consoler

Emilia : de toute façon, il était impossible de marier une fille qui avait perdu sa dot et sa virginité. Concubine, sans l'être au lit, rien de déshonorant. Et Silvanus gagne bien sa vie avec son travail de copiste, il est le protégé de l'évêque de Carthage. Sans compter cette maison et ce jardin, proches des thermes comme de la mer, ce qui n'est pas sans agrément…

Emilia pleurait, je poursuivais ma pauvre litanie. Elle pourrait revenir voir sa fille, Thagaste n'était qu'à trois ou quatre journées de route. J'ai insisté pour lui offrir un manteau de laine, l'hiver peut être froid dans cette région montagneuse. Je n'ai pas ajouté : si froid que de très jeunes hommes en meurent. De froid, ou d'avoir perdu en peu de temps mère et grand-mère ?

Valeria s'est installée chez Silvanus après le départ d'Emilia pour Thagaste. Et moi, solitaire à nouveau, je me raconte des histoires, telle une petite fille abandonnée. Nous n'avons pas quitté Thagaste. Tu as voulu continuer à enseigner dans ta ville natale, tu fus un maître dévoué, très estimé. Au bout d'une dizaine d'années, tu as obtenu une chaire de rhétorique à Madaure, la ville fière de ses traditions lettrées. Je fus heureuse de retrouver l'intensité de la lumière. Avec mon fils, j'aimais me promener dans les vergers d'amandiers, de figuiers et d'abricotiers entourant la cité. J'appris à supporter les vents lourds de sable et de chaleur torride. Lorsqu'ils te donnaient la migraine, j'essayais de te soigner avec la poudre de violettes séchées. Pour les vacances, nous revenions à Thagaste. Ta mère est morte. Nous sommes restés manichéens. Plus tard, nous avons envoyé Adeodatus étudier à Carthage. Il est devenu un avocat réputé. À la quarantaine, tu as rédigé un manuel de versification à l'usage des écoliers. Un ouvrage très apprécié, utilisé dans toutes les provinces africaines. Tu en fus heureux. Nous étions heureux.

Dans quelle médiocrité je t'enferme… Comme si elle était la condition de ce bonheur paisible ?

Le soir, après ma dernière livraison, j'aime m'accorder une pause chez Silvanus et Valeria – si lointaine, déjà, l'époque où je disais : chez Silvanus et Victoria… À présent, chaque rouleau a été remplacé par un codex. Valeria en prend le plus grand soin.

Régulièrement, Silvanus nous lit des passages des *Confessions*. Aujourd'hui il s'interrompt, ému, s'exclame : cet homme est un génie exceptionnel ! Ce foisonnement d'idées neuves, tellement originales ! Un grand penseur, d'une prodigieuse sensibilité…

Ainsi, durant près de quinze années, j'aurais partagé le lit, la vie d'un génie ? De quoi se consumer. Ou se faire éjecter hors du torrent pour échouer sur la rive, définitivement meurtrie ?

La petite voix de Valeria :

— Un génie, je ne sais pas. Un homme perpétuellement en quête, oui, certainement.

— Inquiet, angoissé. Même solidement ancré dans sa foi et dans l'Église, il continue à s'interroger. Comme s'il n'était jamais assuré de ce qu'il a établi. Il lui faut sans cesse questionner, se questionner et s'apostropher, se vilipender, interpeller Dieu, repartir à la poursuite de ce qu'il croyait avoir trouvé. Jamais de répit… Cette fièvre dans le rythme de ses phrases, un flux, des remous d'angoisse parfois, à vous donner le vertige, et ça rebondit, tumulte de cris, de prières, d'invocations et de fustigations.

Me reviennent les images oniriques du torrent. Puis cette phrase, lors de notre première rencontre sur la falaise : tu sembles si calme, apaisante… Parfois j'ai cru parvenir à te rasséréner, quelle illusion !

— En même temps, à la soixantaine, cet homme ne cesse de se battre pour défendre son Église. En affinant, affirmant des points de doctrine, en s'acharnant à poursuivre hérétiques et schismatiques. Actuellement, il rédige un énorme ouvrage : *La Cité de Dieu.* J'en ai lu des fragments, transmis par un de ses secrétaires : Augustinus développe ce qu'il avait amorcé lors de ce fameux sermon durant lequel Valeria s'était évanouie.

Elle sourit, s'efforce de plaisanter :

— À l'époque – trois ans déjà –, j'étais encore tellement fragile ! Plus maintenant. Grâce à vous deux.

— Il combat également le nommé Pélage.

— Ah oui, le géant au regard marin !

— Un de ses disciples est resté à Carthage, répandant ses thèses. Les évêques africains – celui d'Hippo Regius en tête – ont réussi à les faire condamner. Mais la controverse, je pense, rebondira. C'est une question tellement grave : l'homme peut-il vouloir et accomplir le bien par lui-même ou une grâce octroyée par Dieu lui est-elle nécessaire ? Augustinus soutient, bien sûr, que seule la grâce… Probablement parce que, ainsi qu'il le raconte dans ses *Confessions*, durant tant d'années sa propre volonté s'est révélée impuissante.

Silvanus hésite, reprend : impuissante notamment à maîtriser l'irruption du désir, sa violence incontrôlable chez l'homme… Il s'interrompt, troublé, n'osant regarder Valeria. Mais elle, très calme, de sa voix menue de fillette :

— Aurait-il pensé de même s'il avait été une femme ?

Je suis abasourdie. Silvanus également. Il essaie de s'en sortir :

— Dans ses *Confessions*, il reconnaît que la femme est l'égale de l'homme par la raison et par l'intelligence mais, souligne-t-il, elle dépend de lui sexuellement…

— Je ne sais pas ce qu'il entend par là, et ne le saurai jamais, rétorque Valeria, souriante. Et tant mieux !

En moi, la vieille flétrie, remontent tant d'images, de sensations. Tant de nuits où Augustinus, émergeant d'un rêve, s'agrippait à moi, me pénétrait, gémissait… Silvanus, visiblement, est très mal à l'aise. Valeria vient à son secours en changeant de sujet :

— Ce qui me gêne dans ces *Confessions*, c'est ce passage que tu nous as lu la semaine dernière. Lorsqu'il raconte que sa mère, toute jeune, avait une fâcheuse tendance à boire un peu trop de vin. Est-ce qu'on a le droit, en évoquant des épisodes de sa propre vie, de mettre ainsi en cause des proches ? De révéler leurs faiblesses, leurs turpitudes ?

— Je ne sais pas, Valeria. Lui en a pris le risque. Sans doute pour étayer sa thèse : seule la grâce peut aider un homme, ou une femme, à surmonter une dépendance, qu'elle soit alcoolique ou érotique.

Rustica, paisiblement plantureuse, nous apporte des lentilles en salade et des calamars grillés. Valeria pose sa main sur la mienne, gentiment :

— Tu restes manger avec nous, Elissa ?

"Force, pénètre-moi. Fais de moi ce que tu veux. Tu m'auras, tu me posséderas…"

Ravagée, je me répète ces mots tout en marchant sur la grève. Silvanus ayant une extinction de voix, c'est Valeria, exceptionnellement, qui lisait un passage des *Confessions*. "Force, pénètre-moi" : tu t'adresses à ton Dieu, tu veux le connaître, dis-tu, comme tu es connu de lui. Je retrouve bien là ta soif démesurée. Ou la démesure de ton orgueil ? Même si tu déclares n'être rien face à ce Dieu.

Valeria prononçait ces termes brûlants – "force, pénètre-moi" – de sa voix innocente. Sans doute n'entendait-elle pas leur résonance érotique. Ou serait-ce moi, l'hérétique, la réprouvée, qui divague ? Tu parles à ton Dieu comme une femme dans l'amour. Ce sont des mots que j'ai murmurés, criés, râlés lorsque tu me labourais.

Je n'ai pu supporter cette résurgence d'une mémoire charnelle et je suis partie précipitamment, prétextant des problèmes à régler d'urgence avec l'ouvrier. En quête d'apaisement, je suis descendue vers la mer. Une eau tiède de fin d'été. À l'abri des regards, dans une petite crique, j'ai laissé le ressac m'envahir et j'aurais voulu que les vagues m'emportent plus loin, vers l'est, au pied de la falaise où nous nous sommes rencontrés. Oui, j'aurais aimé que la houle m'absorbe et m'engloutisse, dans la jouissance de l'anéantissement.

Tôt ce matin, j'ai commencé à pétrir la terre. Je prenais plaisir à transformer son odeur fade – une odeur de mort, presque – en une senteur chaude qui me nourrissait. Mais il m'a fallu renoncer : les douleurs dans les poignets et les pouces étaient trop aiguës. Je suis passée commander du bois pour le four puis j'ai livré deux brûle-parfums tout près du port, chez le commandant de vaisseau Laurentius. Un long trajet. Heureusement, mes jambes fonctionnent encore sans rechigner. Laurentius m'a confié que leur petit groupe clandestin de manichéens commençait à s'effriter. Une lassitude, la crainte des représailles ? Il en était navré. Je lui ai redit qu'on pouvait continuer à prier intérieurement, en savourant et célébrant la lumière, partout présente. Pourquoi tant d'hommes et de femmes ont-ils besoin d'une religion constituée, organisée ? Sans parler de cette rage de vouloir l'imposer aux autres, cette rage parfois si meurtrière...

Laurentius semblait désemparé, j'ai bien senti que je ne parviendrais pas à le convaincre. Après cette visite, j'ai rejoint la maison de Silvanus. Dans le jardin il lisait à voix haute, je lui ai fait signe de ne pas s'interrompre. Valeria m'a glissé tout doucement : un passage des *Confessions*, le décès de Monnica.

À Ostie, sur le chemin du retour vers l'Afrique, au mois d'août 387.

Neuf jours de maladie. Tu ne quittes pas son chevet. Elle s'éteint, tu lui fermes les yeux. Adeodatus s'effondre, cris et sanglots. Aussitôt, toi et ton frère Navigius vous lui enjoignez de se taire : de telles manifestations sont indécentes, à présent seul le silence convient. Je verse des larmes invisibles sur les pleurs de mon fils. Pourquoi ne pas l'avoir laissé s'épancher ? L'année précédente, à Milan, il avait été brutalement séparé de sa mère. Pour la première fois il assiste à une agonie, il voit sa grand-mère mourir et vous le contraignez à refouler sa douleur ! Me vient une bouffée de rage, elle redouble en entendant la suite. Au retour du cimetière, très éprouvé, tu décides de te rendre aux thermes : un bain chaud est réputé apaisant, il aide à évacuer l'angoisse, en partie du moins… Et tu n'as pas proposé la même thérapeutique à notre fils ?

Silvanus marque une pause. Valeria me regarde, aurait-elle perçu mon agitation intérieure ? Je me ressaisis, nous sers à boire. C'est un beau récit, commente Silvanus, je suis ému par ce passage où Augustinus raconte que l'enfant en lui avait envie de céder aux larmes mais que "la voix adulte du cœur" avait réussi à les refouler. N'est-ce pas étonnant cette présence de l'enfant chez cet homme de génie ? Pas seulement lors de ce deuil, mais souvent lorsqu'il pense, se souvient, écrit.

J'ai aimé cet enfant et cet homme.

Un long silence, puis la voix fraîche de Valeria : en somme, cette mère meurt lorsqu'elle estime avoir accompli sa tâche. Elle a remis Augustinus entre les mains de Dieu, après avoir réussi à éliminer toutes les autres femmes. La compagne de longue date. La mignonne fiancée. L'éphémère remplaçante. Monnica demeure la seule femme auprès de son fils, elle triomphe, toute-puissante. Et son travail terminé – de la belle ouvrage, on peut le dire –, hop elle disparaît ! Et morte, j'imagine, elle est encore plus omnipotente.

Silvanus esquisse un sourire. Mi-scandalisé, mi-admiratif, ai-je l'impression. Valeria poursuit sur sa lancée. Tout de même, je suis étonnée de ce commentaire d'Augustinus : son père et sa mère avaient été tellement heureux ensemble ! Le mois dernier, tu nous avais lu un épisode où il était question des colères et des adultères de ce père, de l'habile patience de Monnica lorsqu'il s'agissait de l'amadouer…

— Eh oui ! Accorde à l'enfant dans l'homme de n'être pas sans contradiction, y compris lorsqu'il écrit.

Elle sourit, ouvre et prépare des grenades. Je me nourris de la clarté émanant des grains serrés, dodus, tout autant que de leur croquant et de leur jus rafraîchissant. Après cette collation, Silvanus s'assoupit et Valeria m'entraîne vers le fond du jardin. Elle respire profondément – tu sais, j'aime de plus en plus ce lieu, cette mer, la lumière d'ici. Encore plus belle que celle de Rome ! Puis, brusquement : ma mère, dans ses lettres, me répète combien elle a la nostalgie de sa ville natale, de notre palais. Elle s'ennuie dans cette communauté. La majorité des autres femmes sont d'anciennes esclaves, affranchies par la richissime Melania, et qui à longueur de journée tissent ou brodent ou confectionnent des paniers. Ma mère, bien sûr, ne peut converser avec elles. En outre, elle supporte mal le climat de Thagaste, surtout l'hiver. Elle me supplie de lui rendre visite… Mais je n'irai pas, je ne veux pas quitter Silvanus, même temporairement.

Je lui donne raison, tout en songeant à la souffrance et à la solitude de cette femme qui a traversé la mer pour s'enterrer, faute de mieux, dans la morose Thagaste. Et sur le chemin du retour, voilà que je concocte un roman absurde, concernant une autre mère. Monnica a affronté les colères de la Méditerranée afin de rejoindre son fils en Italie mais elle n'est jamais parvenue dans la capitale impériale : lors de cette fameuse tempête entre Hippo Regius et Ostie, leur bateau a coulé. Pas de Monnica à Milan, pas de projet de mariage, pas de conversion… Tout de même, je n'y vais pas de main morte ! Faire disparaître la mère, plus le frère aîné, ce brave Navigius qui fut toujours cordial avec moi. Et je m'interroge : sans la présence de Monnica, est-ce que serait advenu ce bouleversement dans le jardin de Milan ? Si souvent, dans les fragments des *Confessions* que nous lit Silvanus, tu répètes : Dieu m'a donné l'intelligence et la mémoire, Dieu me fait écrire toutes ces pages, Dieu me guide, me presse, m'inspire, sans lui je ne suis rien. Tu étais un gibier de choix, où que tu sois, tôt ou tard, ton Dieu ne t'aurait-il pas harponné ?

Mais non, il fallait la venue, l'intercession de Monnica, sa passion forcenée pour toi. Toi qui déclares avoir bu le Christ en même temps que le lait maternel. La sainte mère, le sein des seins… Présente, cette mère, dans notre maison de Milan – le figuier et la vigne vierge, le banc contre le mur, et les voix des enfants dans le verger voisin, "prends et lis !", le silence vigilant d'Alypius. Cet enclos dont j'avais été exclue. Comme le fut Ève du jardin premier. Et je n'ai plus connu la contrée de la grâce.

Je m'éteins lentement : voilà des mois que je n'ai pas rêvé de toi. Ni de notre fils.

Depuis une trentaine d'années, dans l'ombre et le silence, je m'adresse à un homme qui n'existe plus. Je m'obstine, stupidement, tout en écoutant Silvanus parler de cet homme – le même, un autre ? L'évêque d'Hippo Regius accomplit une longue tournée pastorale vers des contrées reculées. Très loin vers l'ouest, à Caesarea, en Maurétanie Césarienne, et même au-delà, jusqu'à Quiza. Au plus fort de l'été, toi qui crains tellement la chaleur ! Heureusement, Alypius le fidèle chemine avec toi. Une expédition épuisante, j'imagine, dans ces âpres régions montagneuses où résistent encore quelques donatistes récalcitrants. Et Silvanus d'ajouter : plus loin vers l'ouest, de l'autre côté de la Méditerranée, l'Espagne toute proche, l'Espagne où s'entassent et grouillent des hordes de Barbares, les Vandales notamment, venus de la Gaule. Ils sont poussés, chassés par d'autres afflux, par ces énormes vagues de troupeaux humains qui assaillent, traversent, bousculent l'Empire, provoquant d'incessantes migrations.

— Mais ces Vandales, demande Valeria, tu crois qu'ils pourraient franchir la mer et gagner la Maurétanie ?

— Je ne sais…

Je me souviens de ma sœur affirmant que les Barbares n'étaient pas des navigateurs, jamais ils n'atteindraient la rive sud de la Méditerranée. Ce n'est plus si certain, notre monde chancelle. Et toi, à près de soixante-quatre ans, tu tiens bon, tu continues à te battre pour ton Église. Tu l'étayes en régulant les problèmes locaux jusque dans cette lointaine Maurétanie. En poursuivant les hérésies et en affinant les dogmes. Ce qui t'amène parfois à durcir ces derniers, je crois le sentir en écoutant les commentaires de Silvanus.

Un mois plus tard. Tu es sur le chemin du retour, par lentes étapes : Caesarea, Tipasa, Rusgunia, Rusicade… Bientôt Hippo Regius. Je savoure cette musique des mots qui te ramène vers nous. Toi qui n'as jamais aimé les voyages, te voilà nomade, quasiment. Selon Silvanus, dans cet énorme ouvrage, *La Cité de Dieu*, auquel tu travailles depuis des années (quand donc trouves-tu le temps, l'énergie, pour te concentrer et dicter tant de textes ?), tu affirmes que l'Église est nomade sur cette terre, de passage, en pèlerinage. L'homme est un exilé, la véritable demeure est ailleurs.

— Une belle image, murmure Valeria.

Nomade peut-être, mais soutenue par le pouvoir séculier… Même si, disait hier Silvanus, il arrive à l'évêque d'Hippo Regius de s'élever courageusement contre certains abus de l'administration impériale, ou contre les trafiquants d'esclaves. Je me tais, je hais cette Église qui se fige de plus en plus dans ses croyances et ses institutions. Et ce matin, tout en faisant mes livraisons, je jette un coup d'œil sur la basilique des Mappalia, puis sur la Restituta : des tentes, des bivouacs éphémères, ces solides constructions de pierre ?

Tu aimais le bistre velouté de ma peau. Sa douceur, sa docilité. Disais-tu, il y a très longtemps.

C'est vers la fin de notre séjour à Carthage que j'ai perçu ta lassitude à enseigner. Mais ta lassitude de l'érotisme, quand s'est-elle amorcée ? Un dégoût de toi-même, en fait, une exaspération de cette dépendance. À Rome déjà, lors de cette longue, étrange maladie ?

Au fur et à mesure que Silvanus nous lit et relit tes *Confessions*, je crois comprendre : tu ne supportais plus de venir, répétitivement, te clouer, te crucifier sur moi. Me ravagent ces mots que Silvanus a murmurés d'une voix sourde, gêné sans doute de les prononcer devant Valeria, la vierge violée : "Me vautrer dans ma libido qui me démangeait." C'est cela qui te reste de notre amour ? Te vautrer dans mon ventre… M'en voulais-tu de cette dépendance, la jouissance, peu à peu, te serait-elle devenue souffrance ? Ce clou brûlant du sexe. Après un long silence, Silvanus, pensif, a commenté : la perte de soi dans la chair, les perpétuels sursauts du désir, un cycle infernal auquel seule la grâce permet de se soustraire ?

Faire l'amour c'était absorber la lumière, fusionner avec toi dans son incandescence. Mais pour toi, lors de nos dernières années communes, de plus en plus un enlisement, un engluement dans les ténèbres ? Ta rage de ne pouvoir résister, ce sexe que tu ne pouvais maîtriser.

Ce matin, alors que Valeria était partie au marché avec Rustica, Silvanus a évoqué un autre passage où tu parles de tes pollutions nocturnes. Cela m'émeut tellement, a-t-il commenté, que cet homme, grand penseur, évêque renommé, ne craigne pas de mentionner ce qui lui échappe dans le secret tumultueux des nuits : les songes, le sperme. Mais je n'aurais pas voulu lire ce paragraphe devant Valeria. J'ai rétorqué que Valeria était capable d'entendre et de comprendre. Et qu'il ne fallait pas chercher à l'épargner.

À nouveau nous voici réunis tous les trois dans l'odeur vivante du parchemin. Voix bien timbrée de Silvanus, douceur attentive de Valeria. Et moi, en retrait, silencieuse. Amoureux du même homme, chacun à sa façon ? Hier, Silvanus nous a demandé ce que nous préférions dans les textes d'Augustinus. La musique de la phrase, si souple, ai-je répondu, prudemment. Et Valeria : on devine l'homme derrière le penseur, l'homme vibrant d'amour. Je ne l'ai pas contredite. Quant à Silvanus, il apprécie la subtilité rhétorique et l'audace des idées. Et cette façon de faire percevoir la chair du verbe, a-t-il ajouté.

Cet après-midi, Valeria suggère qu'il nous lise un autre texte que les *Confessions*. Inépuisables *Confessions*, reconnaît-elle, mais tout de même on pourrait changer, tu ne crois pas ? Silvanus hésite. Le traité sur le libre arbitre ? Ou celui sur la Trinité ? L'un et l'autre sont un peu difficiles. Pourquoi pas ce court texte, *Le Maître*, écrit il y a très longtemps ?

Je me suis aussitôt souvenue : ce traité rédigé à Thagaste, peu après la mort de notre fils. Alypius nous en avait parlé, à ma sœur et moi, lorsqu'il nous avait annoncé le décès – ma souffrance et ma rage, les larmes de Faonia… J'écoute Silvanus, tout en refoulant les miennes. Le père évoque la précocité de ce fils âgé de seize ans. Mais soudain, je sursaute : Adeodatus, le fils de mon péché… Je me retiens de crier, pleurer, cogner. Comment mon enfant n'aurait-il pas senti peser sur lui ce stigmate ? Même si son père ne le lui a jamais exprimé ouvertement. Être aux yeux du père l'incarnation de la faute, n'y avait-il pas de quoi se laisser mourir ?

Ce nourrisson que j'aimais appeler Iatanbaal. Ce nom si chantant. Ce corps menu, dodu. Et son premier sourire, à la fois baveux et radieux. Adeodatus qui fut pour moi l'enfant de grâce et de lumière devenu le fils de ton péché…

Il approcherait de la cinquantaine.

Depuis un moment, je n'écoute plus. Brusquement, je me lève. Plantant là Silvanus et Valeria, je rejoins Rustica au jardin. Elle désherbe autour des artichauts. Lentement elle se redresse, une main sur les reins, me regarde. Je me laisse aller contre cette robustesse pétrie de douceur, ses bras m'accueillent, me bercent, elle caresse mes cheveux, mes épaules, et je sanglote, et je songe à la vieille esclave africaine dont la tendresse m'avait halée hors de la détresse, là-bas à Milan.

En fin d'après-midi j'ai livré de la vaisselle à mon client Laurentius, le commandant de vaisseau. Il ne m'a plus parlé de ce petit groupe clandestin de manichéens – sans doute ce dernier s'est-il définitivement dissous – mais il m'a confié ses craintes : si jamais les Barbares parviennent à maîtriser l'art de la navigation, l'Empire risque de s'effondrer. En principe, a-t-il ajouté, une loi punit de mort tout citoyen romain qui apprendrait cet art à des Goths ou à des Vandales mais, comme on sait, les lois finissent toujours par être transgressées. J'ai objecté que, même si c'était le cas, il faudrait du temps avant que des Barbares réussissent à constituer une flotte. Laurentius ne semblait pas convaincu.

En revenant, non loin des thermes, j'ai croisé Victoria. Je l'ai félicitée pour son élégance. Elle m'a embrassée chaleureusement et s'est inquiétée : tu as maigri, Elissa, tu m'as l'air fatiguée. Tu fais encore des livraisons, à ton âge ? Tu ne pourrais pas embaucher quelqu'un ? Non Victoria, non ce n'est pas possible, le salaire de l'ouvrier est déjà lourd, et puis les livraisons me permettent de garder contact avec la clientèle, de voir sur place de quel genre de lampes ou de coupes ils ont besoin, c'est indispensable.

Victoria n'a pas insisté. Pressée de rejoindre son compagnon au théâtre, elle s'est contentée d'ajouter : tu sais que le théâtre et le cirque ne désemplissent pas depuis que les Barbares ont envahi l'Italie ? Et à la fin de chaque spectacle les beuveries se multiplient. Il paraît même qu'elles ont repris dans les cimetières et que, parfois, elles dégénèrent… Les gens ont peur, ils font l'amour en compagnie des morts comme si ce rituel pouvait conjurer leur propre disparition. Et toi, Elissa, tu as peur ?

— Non…

Elle est partie en courant. J'aurais pu lui répondre que boire et baiser n'apaisent pas les angoisses. Ou si passagèrement.

Toujours solide malgré l'âge, Rustica nous a aidées à transporter Silvanus à l'ombre du plaqueminier. Un soleil blanchâtre, une mer pétrifiée. Des glaires orageuses s'attardent sur la ligne de crête. La sueur poisse. Nous guettons l'arrivée d'une brise marine, annoncée par un léger tremblement de l'horizon, au loin là-bas, vers l'est. Tout en ôtant patiemment la peau des pois chiches grillés que Rustica nous a servis, Valeria demande :

— Au fait, qu'est devenu l'homme aux yeux couleur de mer, le nommé Pélage ?

— Il a été exclu de la communion par le pape. Une victoire pour l'épiscopat africain, avec à sa tête Augustinus, fer de lance du combat contre le libre arbitre défendu par Pélage. Le pape a ratifié les positions de l'évêque : le libre arbitre engendre le péché, le salut ne peut venir que de la grâce. Et cette grâce Dieu l'accorde selon son bon plaisir. L'homme ne saurait l'obtenir par ses mérites et par ses actes, si louables soient-ils.

— Mais alors, comment inciter les fidèles à s'efforcer d'accomplir le bien ?

— Nous en avons déjà parlé, Valeria. Cela ressemblerait par trop à un grossier marchandage entre l'homme et Dieu – j'ai bien agi, Seigneur, et donc accorde-moi tes bienfaits… Ce serait aussi s'aligner sur les conceptions des philosophes païens, des stoïciens notamment : par la réflexion, par l'exigence morale, par son libre choix, l'homme est capable de se perfectionner et d'accéder à la vérité comme au bien. Ce qu'Augustinus, habité par le sentiment très vif d'une chute première, récuse farouchement. Selon lui, la conception chrétienne doit rompre radicalement avec les traditions antiques. Le péché originel a corrompu l'homme, seule la grâce…

— Et donc, à cause de cette chute, les innocents nourrissons morts sans avoir été baptisés sont condamnés ? Le pape a également ratifié cette doctrine ?

Silvanus confirme. Valeria se lève, son visage menu s'est soudain resserré, durci, elle bouscule la table, les pois chiches roulent sur le sol. Elle essaie de se calmer, les ramasse, les essuie soigneusement, en épluche quelques-uns pour Silvanus. Il mâche lentement, reprend :

— En fait, cette controverse sur la grâce divine et le mérite humain a rebondi avec un disciple de Pélage : un nommé Julianus, évêque dans le Sud de l'Italie. Ce Julianus argumente avec beaucoup plus d'acuité, de pugnacité que le brave Pélage. C'est un redoutable dialecticien, venimeux de surcroît. Il a méchamment attaqué Alypius et Augustinus sur leur long passé manichéen, prétendant renifler des relents de ce bon vieux manichéisme dans leurs positions actuelles sur le mal. De plus, il a décoché une flèche acérée qui a blessé l'évêque d'Hippo Regius au plus vif. Ou au plus tendre, si vous préférez. Julianus a évoqué le goût pour le vin de la jeune Monnica.

Vous vous souvenez, cet épisode est raconté dans les *Confessions* : Monnica s'accorde en cachette quelques lampées lorsque ses parents l'envoient remplir la cruche à la cave. Le grand théologien de la grâce fils d'une alcoolique précoce…

— Quelle bassesse de ressortir cette anecdote ! Je vous l'avais bien dit : il est risqué de parler de ses proches dans un livre.

— Eh oui, Valeria, tu avais raison… Furieux, Augustinus a rétorqué que c'était précisément la grâce divine qui avait permis à sa mère d'échapper à l'ivrognerie. Et il a ajouté que, fort heureusement, les parents de Julianus, d'excellents catholiques, étaient morts avant de voir leur fils devenir un hérétique… Échange de bons procédés ! À mon avis, la controverse entre ces deux-là risque de durer encore longtemps.

Je me tais. Des joutes de garnements hargneux s'affrontant en sortant de l'école, des joutes pimentées de la traditionnelle injure à la mère… Non, ça ne me plaît pas qu'on t'ait agressé aussi bassement ! Là où on savait que tu ne pourrais le supporter. Non, ça ne me fait pas plaisir, même si j'eus à souffrir de Monnica. Et il ne me plaît pas davantage que tu aies rétorqué dans le même registre. Tout de même, le vin la grâce, quel étrange mélange…

Le vent ébouriffe les derniers lambeaux de moiteur. Nous respirons, soulagés. Rustica nous apporte une corbeille de fruits : des figues, des poires, et les premiers raisins, à peine mordorés. Rustica, de plus en plus tassée mais que je veux croire éternelle. Ma déesse mère protectrice. Silvanus et Valeria se donnent la main. Surgit un calme pur et rond, comme si la rumeur de la ville et la respiration des vagues sur la grève en contrebas s'étaient accordées pour s'estomper en même temps. Je savoure ce subtil instant de silence et de grâce.

Par une lettre de la riche Melania, Valeria vient d'apprendre le décès de sa mère. Elle sanglote : c'est de ma faute, je l'avais délaissée… Je lui dis qu'il n'en est rien. Une mère peut abandonner son enfant, mais l'inverse n'est pas possible. L'enfant s'en va, choisit de vivre ailleurs, autrement.

Elle pleure contre moi. Comme je pleurais dans l'odeur chaude de Rustica, il y a un an. Je songe à cette mère, cette veuve, qui partit de Thagaste pour suivre son fils sur mer et sur terre, ainsi que l'écrit ce fils dans ses *Confessions*, puis mourut en terre italienne. À cette mère, cette veuve, chassée de Rome, séparée de sa fille, et qui vint échouer puis décéder à Thagaste.

Radoteuse sénile – soixante-dix ans déjà –, je reprends l'histoire, je l'infléchis à ma façon. Monnica est bien arrivée à Milan, elle a manigancé ton mariage et obtenu mon renvoi, habilement. Mais dans le jardin mitoyen de notre maison, aucun des jumeaux n'a prononcé la petite phrase "prends et lis !". L'essentielle petite phrase. Tu n'as pas ouvert le livre de l'apôtre Paul, tu n'as pas renoncé à la chair, ma remplaçante a continué à faire sa besogne. Ton cher Alypius n'a pas réussi à te persuader d'abandonner ce projet de mariage et tu as défloré, gentiment, proprement, la charmante Florentia.

Plus tard, grâce à ses relations, ton beau-père te fait entrer dans la haute administration. Ton épouse te donne deux filles et un garçon. Tes talents, ta ténacité finissent par être récompensés : tu obtiens le gouvernement de la Gaule Narbonnaise, une belle région, riche en vignes et en traditions. Tu es heureux de vivre au bord de la Méditerranée, toi qui as toujours été si sensible au frémissement de la lumière sur la mer. Peu à peu tu constitues autour de toi une petite cour de lettrés. Tu publies de temps à autre un élégant traité philosophique qui circule de Narbonne à Ravenne, où se trouve à présent la cour impériale.

Ces textes sont appréciés, on loue leur style, on les commente, tu entretiens une correspondance avec d'autres penseurs de talent. À Milan, Adeodatus est devenu, à son tour, rhéteur municipal.

Ainsi, une nouvelle fois, je t'arrache à ton Dieu pour t'enfermer dans un dérisoire parcours humain... Hier, à la demande de Valeria, Silvanus nous lisait un autre passage de tes *Confessions*. Tu reviens sur tes années de jeunesse, tu déplores ton désir de succès et de reconnaissance, tu t'exclames, véhément, douloureux : "J'ai tout dépensé par amour des putains." Bien sûr, ces "putains" ne détiennent rien de charnel. À tes yeux, ce sont l'ambition forcenée et l'appétit de richesses, la fascination pour le manichéisme, le mauvais usage des dons octroyés par ton Dieu. Et pourtant je me sens l'une de ces "putains".

La fin de l'été. De ma vie, bientôt ? Aujourd'hui, chez Silvanus, est passé ce secrétaire appartenant à l'évêché d'Hippo Regius, le Numide au teint olivâtre que j'avais déjà rencontré ici, il y a bien longtemps. Il apportait à Silvanus une version revue et corrigée d'un traité sur la grâce : le débat entre Augustinus et Julianus se poursuit, avec la même virulence. Par ailleurs, nous dit-il, l'évêque a désigné son successeur qui, déjà, le déleste de ses nombreuses obligations épiscopales. De la sorte, Augustinus peut consacrer la journée et une partie de la nuit à son travail d'écriture.

— Si essentiel pour lui, a commenté le secrétaire.

— Et pour tous les chrétiens ! a renchéri Silvanus.

Le Numide a ajouté : notre évêque sait qu'il retournera bientôt dans le sein de Dieu – eh oui, il approche de ses soixante-treize ans. Il se tasse, se voûte, récemment je l'ai trouvé très amaigri. Parfois, je le vois bien, il est épuisé. Et pourtant, quelle vivacité de parole, quelle intensité dans son regard ! Ni sa vue ni son ouïe ne sont diminuées. Ni l'acuité de son esprit.

Silencieuse dans mon coin, je voyais très bien de quelle intensité cet homme parlait. Il a poursuivi : l'évêque s'est embarqué dans un projet considérable, quasi démentiel à mes yeux, à savoir relire la totalité de son œuvre ! Il veut l'amender, l'élaguer ou la compléter, préciser certains points, reconnaître éventuellement, avec humilité, qu'il a pu se tromper. Durant ces derniers mois, nous autres, la dizaine de secrétaires employés au scriptorium de l'évêché, nous avons recensé ses ouvrages : une centaine. Dont certains, telle *La Cité de Dieu*, sont très longs. Il faut inclure également les nombreuses lettres, et les transcriptions des sermons. Un travail colossal ! Nous avons tout conservé, avec le plus grand soin. L'évêque a déjà commencé à relire et annoter. Récemment, il m'a confié que, en reprenant ses *Confessions*, il avait ressenti la même émotion fébrile qu'à les écrire, il y a une trentaine d'années, les mêmes accès de détresse, de joie ou d'angoisse.

N'est-ce pas le signe, a remarqué Silvanus, que, intérieurement, il n'a pas vieilli ? Je me suis détournée afin de dissimuler la montée des larmes : tu es toujours cet homme juvénile et frémissant que j'ai aimé. Opportunément, Valeria a relancé le visiteur :

— Et vous vivez comment, dans ce bâtiment épiscopal d'Hippo Regius?

L'homme à la peau bistre a paru surpris de cette interrogation énoncée par une femme. Heureusement que Valeria, avec son habituelle spontanéité, posait les questions qui me brûlaient les lèvres mais que je réfrénais.

— Tous ensemble, très sobrement, dans un édifice proche de l'église. Nous partageons les frais, chacun selon nos moyens, et nous prenons nos repas avec l'évêque et les prêtres : une nourriture frugale, légumes et céréales, un peu de fromage. La viande n'est admise que pour les malades. Mais nous avons droit au vin, en petite quantité. Des hôtes de passage sont souvent accueillis. Jamais de femmes, bien entendu.

— Même à l'infirmerie ou à la cuisine ? a insisté Valeria, curieuse comme peut l'être une petite fille.

— Non non, aucune ! L'évêque refuse même de visiter des communautés de femmes.

Eh bien, ai-je pensé, quelle vieille terreur… Quarante années de chasteté ne l'ont pas évacuée ? La femme, la faute, la chute. Et l'enfant du péché enterré dans le triste cimetière de Thagaste. En somme, tu auras accompli jusqu'à la fin de ta vie ce dont tu rêvais depuis si longtemps : un groupe d'hommes voués à l'étude, la réflexion, l'écriture.

De retour chez moi, après avoir fait le point avec l'ouvrier sur les commandes à honorer en priorité, j'ai songé : et si en relisant, amendant ses textes, Augustinus supprimait dans ses *Confessions* la phrase sur sa douleur d'avoir été séparé de moi, à Milan, cette douleur qui le rongeait telle une gangrène ? S'il m'annulait, totalement…

Bientôt l'été. Je savoure l'intensité de la clarté, la gaieté de l'air, des feuillages, avant que ne pèsent sur nous moiteur et fortes chaleurs. À près de soixante-quinze ans, il me reste encore cette avidité, ce plaisir des sensations. Arrive Valeria, essoufflée : tiens, je t'ai apporté des sardines bien fraîches. Tu sais le bruit qui courait ce matin au marché ? Des Vandales auraient traversé le bras de mer qui sépare l'Espagne de la Maurétanie Tingitane. Ces Vandales, paraît-il, sont les seuls Barbares qui sachent naviguer.

Nous nous regardons. La clarté paraît presque trop vive, blessante. Je remercie pour les sardines tout en commençant à les écailler :

— C'est loin, la Maurétanie…

Très loin à l'ouest, là où tu étais en tournée épiscopale avec ton fidèle Alypius, il y a une dizaine d'années. Je mesure soudain combien, à mon âge, le temps se resserre et se dilue à toute allure. Très probablement, les Vandales progresseront vers l'est : Quiza, Caesarea. Puis Tipasa, Rusgunia, Rusicade ? D'autant que les terres sont beaucoup plus riches, et mieux cultivées, dans nos contrées qu'en Maurétanie. Je garde pour moi mes ruminations. Valeria demeure silencieuse. Revoit-elle les scènes d'horreur à Rome, il y a de cela bientôt vingt ans ? La cave où elle fut saccagée ? Elle qui a trouvé refuge dans la demeure, la tendresse et l'impuissance de Silvanus.

Les sardines sentent bon. Je prépare le gril, les herbes – tu restes déjeuner avec moi ? Non, je vais vite annoncer la nouvelle à Silvanus. Peut-être aura-t-il eu d'autres informations par l'évêché… Elle m'embrasse, s'enfuit, légère et preste. La petite fille que j'ai eue sur le tard. Que je quitterai bientôt ?

Je me sens faiblir, vieillir : nul rêve où je te retrouverais, même fugitivement. Mes mains se nouent de plus en plus, ne se souviennent même pas de t'avoir caressé. Mortes mains – taches brunâtres et veines gonflées, ridules telles celles inscrites sur le sable par le vent. Par chance les livraisons m'obligent à trotter et me maintiennent alerte. J'emmène parfois Valeria avec moi, bien qu'elle répugne à laisser Silvanus seul avec Rustica. J'aime lui faire découvrir la beauté de ma ville natale, ses visages multiples, je voudrais les lui transmettre avant de mourir. La vaste esplanade du forum – je me retiens de révéler que, juste à cet angle, le jeune rhéteur Augustinus donnait des cours très appréciés. Au détour d'une ruelle, cette vue plongeante sur le golfe, inattendue. L'intensité des odeurs : parfums des fleurs, des femmes, relents d'ordures et de bêtes crevées. Les colonnes d'un temple abandonné, la vie grouillante autour du port, les relents du marché aux poissons. Les peaux lustrées par la sueur et le soleil. Mais Valeria se rétracte, je le devine, lorsque nous plongeons dans la foule. Elle a peur d'être bousculée, agressée, cette sensualité tumultueuse l'effraie – réveillant une vieille terreur ? Perçoit-elle la violence mijotant sous la nonchalance ? Je l'entraîne alors vers des quartiers plus paisibles, passant en silence devant la maison de l'armurier où fut conçu mon fils.

La chapelle de saint Cyprien et le terre-plein surplombant la falaise sont les seuls lieux que je réserve pour moi seule.

Aujourd'hui, je réussis enfin à persuader Valeria de se baigner dans la mer. Je l'emmène dans cette crique en contrebas des thermes d'Antonin, là où, à ma façon, j'avais baptisé notre fils à notre retour de Thagaste. Valeria joue les petites filles apeurées, m'asperge, s'immerge en poussant des piaillements d'oiseau affolé. À la longue, elle accepte de se laisser porter par l'eau tandis que je soutiens sa nuque. Nous nous séchons entre deux rochers, elle s'endort contre moi, épuisée mais détendue. Plus tard, lorsque j'aurai disparu, j'espère qu'elle viendra ici se ressourcer.

En se réveillant, elle me surprend en me demandant :

— Mais toi, Elissa, tu crois en Dieu ?

— Pas comme vous, les chrétiens. Pas en un Dieu enfermé dans un lieu saint. Je le cherche à travers les couleurs, la lumière, les bruissements des vagues ou des feuillages… Et puis, ne le dis pas à Silvanus, je n'aime pas cette Église soutenue par le pouvoir impérial.

— Je comprends un peu ce que tu veux dire. Mais moi, dans une église, je me sens protégée, rassérénée. À Rome, si nous avions pu trouver refuge dans la basilique de l'apôtre Pierre, j'aurais échappé au pire…

Au retour, elle s'alarme en voyant le visage crispé de Silvanus :

— Tu as mal ?

— Non non… Un secrétaire de l'évêché est venu m'apporter de la copie. Il m'a annoncé que les Vandales avaient mis à sac Caesarea.

Je m'entoure des belles poteries vernissées de l'automne : courges, potirons, citrouilles. Des grumeleuses et des bien lustrées. Des longues, des rondes ventrues, des oblongues. Je prends plaisir à contraster les teintes : vert pâle, orange vif, jaune doux. À côté de la plus maffluc, je place deux modestes fruits du plaqueminier. Leur calme lisse, leur souple fermeté m'apaisent. Au plus profond, leur pulpe charnue s'est nourrie de clarté. J'ai disposé cette composition de fruits et de légumes sur une table de l'atelier. L'ouvrier a râlé, tant pis !

Aujourd'hui, il est absent. Passe Valeria, qui s'exclame : mais c'est magnifique, quelle jolie idée ! Et si on les mélangeait avec de vraies poteries ? Et la voilà, joueuse et joyeuse, qui s'empare d'une cruche rouge et noir, de petites amphores, de coupes et de brûle-parfums. Nous alternons formes, couleurs, matières. Ce vase au long col tout près de cette citrouille pansue. Une lampe ocrée entre une courge verdâtre et un potiron à la peau crevassée.

— Ah non, Elissa, je la mettrais plutôt au milieu des raisins et des poires.

— Si tu veux…

— Et si on allumait deux ou trois lampes ?

Je remplis d'huile les menus réservoirs, Valeria enflamme les mèches. Des lueurs douces ondulent sur les flancs, les anses, les cols. Nous folâtrons ainsi un bon moment. Avec Valeria, je ne pense plus à mon âge, je m'amuse, j'oublie presque cette menace lointaine d'une invasion. Et même, passagèrement, l'homme aimé. Mes mains nouées ne peuvent plus créer de formes, reste le plaisir passager de ce jeu. Au marché, j'avais acheté quantité de grenades et j'ai montré à Valeria comment les conserver : en les enfouissant profondément dans l'argile.

— On peut les garder ainsi plusieurs semaines, leur pulpe reste juteuse. C'est mon père qui m'avait appris à procéder ainsi. Selon lui, c'était une vieille pratique punique.

Je m'amuse, et je suis heureuse de transmettre.

Nous sommes entrés dans la grisaille molle de l'hiver. Ce matin, très tôt, j'ai allumé le four à pain pour me réchauffer et j'ai confectionné des galettes au sésame. Les voilà cuites, bien croustillantes. Je les enveloppe d'un linge pour les offrir à Silvanus et à Valeria. Elle est allée prier à la basilique Restituta, me dit Silvanus. Il en profite pour m'informer de ce qu'il préfère lui cacher pour le moment : les Vandales progressent vers l'est, plus rapidement que prévu. Déjà ils ont pris Tipasa, cette ville si belle en bord de mer. Tipasa que Salsa, la sainte locale au nom si doux, n'a pas protégée. À leur tête un nommé Genséric, chrétien mais arien, réputé très malin. Un excellent stratège, d'une grande cruauté. Il dirige tout à la fois une armée, une flotte et un peuple en marche, hommes, femmes, enfants. Sur leur passage ils raflent bétail, femmes et récoltes, massacrent, violent des fillettes, ou des vierges qui s'étaient consacrées à Dieu, précipitent les nourrissons dans les puits ou les crucifient sur les portes des églises, brûlent des lieux saints, torturent des prêtres, des enfants… Le projet de Genséric est sans doute de conquérir l'ensemble des provinces africaines. Quant à l'évêque d'Hippo Regius, il a, paraît-il, exprimé sa vive douleur et sa pitié à l'égard des innombrables victimes.

— Ce qu'il n'avait guère fait pour les réfugiés chassés d'Italie par Alaric.

Je laisse tomber la phrase sèchement. Silvanus me regarde, surpris. Entre Valeria. Nous nous taisons.

Hier, l'ouvrier est arrivé en m'annonçant que Rusicade était tombée aux mains des Vandales. L'armée du mal rôde, progresse, stagne. Et repart. Rusicade, la dernière ville importante avant Hippo Regius, où quantité de réfugiés s'entassent. Certains, paraît-il, tentent de fuir par la mer. On craint que la flotte vandale ne bloque le port.

Tu ne fuiras pas bien sûr. L'idée que tu pourrais être capturé, torturé par les Barbares, m'a empêchée de dormir une partie de la nuit. À l'aube, j'ai chuté dans le sommeil. Tigris trottait à mes côtés le long du torrent, à Thagaste. Elle s'est mise soudain à gratter furieusement au pied d'un pin puis à fureter, gémissante, entre les arbres et les rochers. Je me suis éveillée, en larmes. L'évidence : elle cherchait Adeodatus. Je cherchais mon fils.

Valeria ne m'accompagne plus dans mes déambulations, elle se blottit auprès de Silvanus. Je poursuis mes livraisons à travers cette ville qui fut un temps notre ville. Carthage de plus en plus gangrenée par l'affolement au fur et à mesure que la menace vandale se précise. L'ouvrier me disait hier que, chaque jour, le cirque et les théâtres sont pleins à craquer et que les spectacles se terminaient par des orgies, jusqu'à l'aube : les bacchanales de la panique ? Le culte de Junon Cælestis resurgit. Des statues de divinités puniques et romaines ont été extirpées de leurs cachettes, on les implore, on leur offre à nouveau des sacrifices : les expéditions nocturnes de mon beau-frère n'auront pas été totalement vaines...

J'essaie d'oublier la folie des hommes tout en me rendant d'un lieu à un autre. Une phrase scande mes pas, une phrase de tes *Confessions* que Silvanus nous a lue et répétée récemment – comme pour nous donner courage ? "Il y a encore chez les hommes un peu de lumière : eh bien ! qu'ils marchent, qu'ils marchent, pour que les ténèbres ne les saisissent pas !" Une phrase quelque peu imprégnée de manichéisme, tu ne trouves pas ? a remarqué Valeria. Je n'ai pas répondu mais c'est ce que je pensais. Silvanus a dénié, farouchement : non non, pas du tout ! L'évêque s'est inspiré d'un passage dans l'Évangile de l'apôtre Jean.

Un peuple de ténèbres marche sur ta ville. En ce printemps 430, j'arpente Carthage. Ciel bas, mer huileuse. Brusquement, une pluie très fine, quasiment une buée qui vous colle à la peau, vous imprègne. Je m'abrite sous un porche. De là, je devine une éclaircie, loin vers l'est, un scintillement réconfortant. Très vite la lumière vibre à travers les gouttes éparses sur les feuillages, et je marche, je marche, me nourrissant de clarté, d'odeurs, des relents de la mémoire, avant que les ombres ne s'emparent de moi.

Silvanus a instamment exhorté Valeria à sortir. Je l'ai emmenée sur la grande plage au-delà du port de commerce, là où nous nous rendions autrefois pour nous baigner, Augustinus, Adeodatus et moi. Toutes deux nous avons marché en lisière de l'eau. De petites vagues s'affalaient mollement sur le sable, comme harassées, quasi silencieuses. J'ai désigné la montagne en face, ses deux renflements, et j'ai confié à Valeria ce que je n'avais jamais dit à personne : lorsque j'ai commencé à avoir des seins – et l'un grossissait plus vite que l'autre, ce qui m'inquiétait vivement –, j'ai dénommé ce sommet "la montagne aux deux seins". L'un, le bien rond, le bien dessiné. Et l'autre, je l'appelais le raté, le mauvais. Une idée stupide de gamine tracassée par la puberté, mais voilà, j'avais envie de t'en parler (je n'ai pas ajouté : avant de mourir). Elle a souri :

— Eh bien, à partir de maintenant, je nomme-rai ainsi ce sommet.

— Toi, tu possèdes deux seins parfaits.

— Mais qui ne serviront jamais à rien.

Silencieuses, nous marchions en suivant les sinuo-sités du rivage. Des écailles de soleil vibraient sur la mer. Valeria s'est arrêtée, a fixé l'horizon…

— Je pense à ce passage des *Confessions* que Silvanus nous a lu hier. Plusieurs fois, tellement il est étonnant. Ce passage sur les recoins et les replis de la mémoire, ces caches secrètes où tout est entreposé. Un prodigieux trésor, selon l'évêque. Si vaste qu'il nous échappe en partie : des souvenirs dont on ne se souvient pas, si on peut dire, mais qui peuvent resurgir sans prévenir.

Je n'ai pas répondu, je songeais : depuis des années, de jour et de nuit, j'explore ce trésor. Parfois j'ai l'impression qu'il s'effrite. Que ton image en moi s'estompe. Mais non, tu as raison ! Bien que multiple, éparpillée, elle demeure inscrite au plus profond et parfois elle fait irruption à mon insu, dans la veille ou dans le sommeil, lestée d'une précision fulgurante.

Brusquement, Valeria s'est tournée vers moi : eh bien moi, je préférerais avoir oublié… Oui, avoir oublié cette cave à Rome, ces hommes, leurs mains sur mon corps, leur odeur, leurs halètements. Parfois, je n'y pense plus durant des mois, je crois que c'est fini, enterré à jamais, et voilà qu'un rêve rameute l'horreur, elle me saute à la gorge…

Elle tremblait. Je l'ai serrée contre moi. En revenant, nous avons longé le sanctuaire de la déesse Tanit, la dévoreuse. Je me suis bien gardée d'évoquer cette vieille légende. Le mal, disais-tu autrefois, le mal stagne, le mal court. À la sortie du port, nous avons croisé le commandant de vaisseau Laurentius : il revenait de Thabraca, où il avait appris que Genséric et ses Vandales avaient mis le siège devant Hippo Regius.

L'été stagne, la canicule et l'angoisse nous oppressent. Après une nuit où alternaient insomnie et rêves épais, je décide de ranger l'atelier puis d'apporter à Silvanus et Valeria une cruche neuve, bien ronde, bien pansue. Valeria me guettait, elle se précipite vers moi en entendant grincer la porte du jardin :

— Il est mort…

J'ai d'abord cru qu'il s'agissait de Silvanus – ces derniers jours il avait eu de violents vomissements –, puis j'ai compris.

— De maladie, le 28 août. Une forte fièvre. Silvanus l'a appris ce matin par un message que lui a fait porter l'évêque de Carthage. La nouvelle a probablement filtré par la mer, puisque Hippo Regius est toujours assiégé.

La chaleur épaissit, nous rentrons dans la maison.

— Mais tu pleures, Valeria !

— Non, non… Je suis triste, c'est vrai. Parfois, tu le sais bien, je trouvais les dogmes énoncés par cet homme un peu trop abrupts, ou rigides. Il n'empêche, c'était un être d'amour.

Je ne la contredirai pas. Et j'apprécie qu'elle verse des larmes à ma place, je peux ainsi parvenir à dissimuler, comme je le fais depuis si longtemps. Silvanus semble affecté, mais il essaie de consoler Valeria :

— L'évêque d'Hippo Regius pensait et rédigeait avec ferveur. Ses œuvres en témoigneront. Il a eu le temps de les relire, de les corriger soigneusement avant de disparaître, c'est l'essentiel.

J'opine en essayant de calmer Valeria et ses sanglots de chiot. Étrange comme je suis gentiment raisonnable. En guise d'oraison funèbre, Silvanus nous lit la fin des *Confessions*, adressée à Dieu :

> *il faut te demander*
> *il faut te chercher*
> *il faut frapper chez toi*

> *pour recevoir*
> *pour trouver*
> *pour que la porte s'ouvre*

Valeria esquisse un sourire de petite fille éplorée – oui oui, c'est un bel épilogue ! Et je songe : un jour, à Milan, la porte s'est ouverte pour toi. Moi, je n'ai pas cherché, pas demandé. Je ne frapperai pas à cette porte.

— Tu t'en vas déjà ? s'étonne Valeria en me voyant reprendre mon panier.

— J'ai encore une livraison à faire, assez loin : une villa près de la chapelle du bienheureux Cyprien. Auparavant il faut que je repasse par l'atelier prendre des lampes et une coupe.

Je les embrasse tous deux, en prenant garde à ne pas me montrer trop effusive. Un petit signe tendre à Rustica qui sarcle dans le potager. Par une traverse je rejoins le chemin grimpant vers la chapelle. Une brise douce m'aide à alléger cette longue montée. Si beau, ce mois de septembre ! Des raisins sur une treille me mettent l'eau à la bouche. Plus loin, le regard limpide de ce jeune enfant jouant sur le seuil de sa maison : une eau vert clair filtre à travers les cils touffus. Il me fixe avec gravité comme s'il savait vers quoi je me dirigeais. Au tournant suivant, une façade d'ocre brûlée, pain sortant du four. Je m'accorde une pause sous un plaqueminier, après tout j'ai un peu de temps. Ses fruits commencent à mûrir. Le temps de me nourrir de leur plénitude lisse. Dans quelques jours, j'aurais eu soixante-seize ans. Toi, dans deux mois. Tu es mort encerclé par l'armée des ténèbres. Un dernier raidillon. Personne sur le vaste terre-plein. Je dépasse la chapelle, m'avance jusqu'à l'aplomb de la falaise. Des vagues allègres giclent et jappent sur les rochers tout en bas. L'horizon scintille, serein. Je me penche – attention Elissa, le vide attire ! Disais-tu, il y a près de soixante ans. Le vide, non, mais la profondeur et ses transparences mouvantes. La lumière absorbée par la mer m'absorbera.

RÉFÉRENCES DES CITATIONS

Exergue : Georges Bernanos, *La Joie*, in *Œuvres romanesques* suivi de *Dialogues des carmélites*, Gallimard, "Bibliothèque de la Pléiade", 1961, p. 549.

J'ai utilisé deux traductions des *Confessions* : celle de Louis de Mondadon (Club français du livre, 1947) ; celle de Frédéric Boyer, publiée sous le titre : *Les Aveux* (POL, 2008).

P. 163 : saint Augustin, *Les Aveux*, nouvelle traduction des *Confessions* par Frédéric Boyer, XI, 7, p. 313.

P. 181 : *Les Aveux*, *op. cit.*, II, 9, p. 82.

P. 181 : *Les Aveux*, *op. cit.*, II, 10, p. 83.

P. 198-199 : *Les Aveux*, *op. cit.*, VIII, 16, p. 219.

P. 199 : *Les Aveux*, *op. cit.*, VIII, 16, p. 219.

P. 201 : *Les Aveux*, *op. cit.*, VI, 25, p. 177.

P. 204 : *Les Aveux*, *op. cit.*, VIII, 30, p. 229.

P. 257 : *Les Aveux*, *op. cit.*, X, 1, p. 261.

P. 260 : *Les Aveux*, *op. cit.*, IX, 9, p. 252.

P. 266 : *Les Aveux*, *op. cit.*, IX, 9, p. 254.

P. 278 : *Les Aveux*, *op. cit.*, IV, 30, p. 133.

P. 292 : *Confessions*, X, 33, traduction Louis de Mondadon, Le Club français du livre, 1947, p. 261.

P. 297 : *Les Aveux*, *op. cit.*, XIII, 53, p. 403.

REMERCIEMENTS

Toute ma gratitude à :
Éliane Allouch, Michel Breton, Anne Chanel, Sylvie Delarue, Suzanne Forget, Marie Goudot, Cella Minart, Véronique Michel, Chantal Pelletier, Myriam Penazzi, Jean-Marc Pujade-Renaud, Luc et Corinne Pujade-Renaud, Anita Vallejo, Jean-Yves Zimmermann.

Et merci à :
Hannah Arendt, Frédéric Boyer, Peter Brown, Gabriel Camps, François Flahault, A. G. Hammam, Lucien Jerphagnon, Serge Lancel, André Mandouze, Henri Irénée Marrou, Louis de Mondadon, Possidius, Pascal Quignard, Paul Ricœur, Bernard Sesé, Emmanuelle Valette-Cagnac.

Sans leurs traductions, leurs biographies et leurs essais, ce roman n'aurait pu être conçu.